KB089718

마이크를 켜요

폴앤니나 소설 시리즈 010

마이크를 켜요

임혜연 소설

폴앤니나

네가 있어 참 다행이야

차례

알갱이로부터 🤍

작은 울림이 있었다.

얇은 막을 두드리는 서툰 움직임. 그 리듬의 끝이 곧 관계의 시작이었음을 그땐 아무도 알지 못했다. 빛처럼 찬란한 리듬이었다. 그리고 한번 지나가면 다시 오지 않을 눈부신 기적의 순간이었다.

열아홉 살 여고생 유남주는 자신이 이렇게 일찍 엄마가 되리라곤 상상조차 한 적 없었다. 여러 달 생리가 끊어지고, 뱃속에 무거운 추가 달린 것처럼 속이 답답하고 울렁거렸지만, 그저 감기가 오려나 했을 뿐이었다.

"나 아무래도 아기를 가진 것 같은데."

나란히 그네를 타던 남자친구는 그 말을 듣자마자 갑자기 세차게 발을 굴렀다. 내려올 땐 무릎을 구부리고 하늘로 올라갈 땐 긴 다리를 쭉 뻗으며 점점 더 세게 도약했다. 유남주는 제자리에 멈춰서 한참 동안 그를 바라봤다. 그네를 탄 그가 땅에서 아득히 멀어질 때, 혹 이대로 어디론가 날아가고 싶은 걸까 생각이 들었다.

"우리에게 아기가 생겼다고."

그네를 멈춘 그의 손을 유남주가 마주잡았다. 차가운 손이 바들바들 떨리고 있었다.

"생각할 시간이 필요할 것 같아."

그가 하얗게 질린 얼굴로 짧은 문장을 말하는 동안 입꼬리가 대략 아홉 번쯤 흔들리는 걸 보았고, 유남주는 서운했다. 자신도 모르게 두 손으로 배를 감쌌다.

고등학생 박규현은 가수 지망생이었다. 좋은 목소리를 가진 그는 노래를 제법 잘했지만, 기획사 오디션에서는 줄줄이 낙방이었다.

"잘하네요. 그런데 잘하기만 하네요."

"그 정도 노래하는 사람은 많죠. 남들과 다른 한끗이 부족한데."

많은 캐스팅 디렉터가 쓴소리를 했지만 박규현의 열망을 쉽게 꺼트릴 순 없었다. 좌절할수록 그의 꿈은 더 짙어졌다. 둘은 주로 노래방에서 데이트를 했다. 박규현의 노래 연습과 데이트를 함께 할 수 있는 최적의 장소이기 때문이었다. 그는 높은음을 부를 때 머리를 왼쪽으로 꺾었다가 낮은음을 부를 땐 가슴에 손을 얹고 눈을 감았는데, 유남주는 유독 그 모습에 마음이 설렜다.

"방금 고음은 편안했어? 아님, 좀 전에 했던 게 더 나아?"

박규현은 유남주에게 묻곤 했다.

흠뻑 감동한 그녀가 기립박수를 보내면, 그는 머쓱한 얼굴로 마이크를 넘겼다. 그녀의 노래 실력은 그냥 그랬지만, 그래도 발랄하게 어깨를 흔들며 노래를 부르면 박규현은 유남주가 귀여워 미치겠다는 표정으로 턱을 괴고 그녀를 바라보았다.

완벽한 사랑이었다.

유남주는 그렇게 생각했다. 노래와 사랑, 그 중간 어딘가에서 그녀의 몸 안에 알갱이가 돋아났다. 그것은 봄이 지나고 여름이 오는 것처럼 그저 자연스러운 흐름이었다. 사랑이었으니까. 열아홉 유남주는 사랑 앞에 후회할 일 따위는 없을 거라 굳게 믿었다.

자연스럽지 않았던 것은 박규현 하나였다. 작디작

은 알갱이는 박규현의 귓바퀴 주변을 빙그르르 돌기만 하다가 다시 유남주에게로 돌아갔다. 알갱이의 존재를 알자마자 그가 아주 긴 잠에 빠지게 되었으니 말이다. 혼이 나간 모습으로 도로를 건너던 박규현은, 마주 오던 차에 부딪혀 하늘로 붕 떠올랐다.

그냥 그렇게 이별이었다.

유남주는 이후로도 노래방에 갔다. 반주만 틀어놓고 먼산을 바라보는 게 일이었지만. 015B의 〈이젠 안녕〉을 부르며 사라진 첫사랑을 애도했다. "서로 가야 할 길 찾아서 떠나야 해요" 부분에서는 도저히 눈물을 참을 수 없었다. 그래도 노래를 멈추지 않았다.

알갱이는 조용히 자라났다.

그저 점 같았던 알갱이는 알사탕에서 젤리곰으로, 젤리곰에서 머리 반 몸통 반 아기로 순조롭게 모양을 바꾸며 커갔다. 작은 문제가 있었다면 태어나기 전까지 줄곧 머리의 위치가 보통의 태아와 달랐다는 것이었는데, 그녀는 크게 걱정하지 않았다. 병원에서 출산 전에 자연스럽게 아기의 머리가 아래로 내려올 수 있다고 했고, 당연히 그럴 거라 예상했다. 하지만 아기는 지독한 고집쟁이였다. 끝까지 방향을 바꾸지 않았고 결국 유남주는 제왕절개 수술로 아기를 낳아야 했다. 처음 겪는 과정이라 오히려 무덤덤했지만, 마취에서 깬 후엔 극심한 고통이 찾아왔다. 마치 이제부터 본격적으로 쓴맛을 보게 될 거라는 경고인 듯 서늘하고 아찔한 통증이었다.

유남주의 엄마는 침대 옆에 앉아 막 출산한 딸의 이마를 가만가만 짚어주었다.

"다 지나갈 거야."

엄마의 말끝이 흔들렸다. 그 말 외엔 달리 할 말도 없었겠지. 유남주의 귀엔 모든 게 거짓말처럼 들렸지만, 엄마의 말대로 고통은 서서히 나아졌고 요동치던 감정도 옅어졌다. 이미 다 정해진 길을 걷는 것처럼 말이다. 그녀가 낳은 아기는 코가 작았고 웃을 때 한쪽 볼에만 보조개가 패었다. 말랑말랑한 아기의 볼을 만지면 유남주의 마음도 같이 몰캉거렸다. 온종일 아기를 들여다보고 있노라면 예뻤고 신기했고, 때론 귀찮았지만 가끔은 몹시 행복하기도 했다. 한 마디로 설명할 수 없는 기묘한 감정이었다.

유남주는 아주 가끔 박규현을 떠올렸다. 사무치게 그립진 않았지만, 다시 그때로 돌아가진 못하겠구나 싶어 한숨이 나왔다. 무료한 시간이 찾아오면 아기의 얼굴에서 그와 닮은 구석을 찾아보기도 했다. 그러다 아기가 방긋 웃으면, 팔 전체에 힘이 빠지며 나른해졌다. 오묘한 존재였다. 자꾸만 모든 것을 잊게 했으니.

아기의 이름은 유남주가 좋아하는 여배우의 이름을 따서 지었다.

유신혜.

"신혜야!" 하고 부르는 맛이 있어서 좋았다. 엄마가 된 유남주는 아기가 '운 좋은 삶'의 주인공이 되었으면 좋겠다고 생각했다. 어차피 인생이 뜻대로 굴러가지 않는다는 것을 지독하게 느끼던 시절이었다. 모든 면에서 빨랐던 아기는 백일이 되기 전 밤 수유를 끊었고, 젖병도 분유도 투정 없이 잘 받아들였으며, 발육도 발달도 모두 훌륭했다. 태어난 후 8개월을 꼭 채운 아기는 뒤뚱뒤뚱 첫걸음을 뗐다. 여느 아기와 마찬가지로 선반 혹은 서랍장 위의 물건을 다 만지고 어질렀지만, 혼자서도 잘 노는 순한 아이였다. 넘어지고 긁히는 작은 사고들이 있긴 해도 예방접종 외엔 병원에 갈 일도 잘 없었으니 꽤 순조로운 과정이었다.

아장아장 걷는 아이의 손을 잡고 엘리베이터에 오

르면 사람들은 꼭 유남주에게 말을 걸었다.

"어우, 인형처럼 예쁘네."

"아기도 예쁘고, 어머! 엄마도 아기네?"

"엄마가 아니라 큰언니인가?"

흠칫 놀라는 지루한 과정의 반복. 세상엔 궁금한 걸 참지 못하는 사람들이 참 많았다.

더 이상 불편한 관심은 삼가달라는 의미로 강한 눈빛을 쏘아대도 사람들은 눈치 없이 선을 넘었다. 몇 호에 사냐, 도대체 몇 살이냐, 정말 어려 보이는데 남편은 뭐 하는 사람이냐 등등. 불편한 말들이 공중에 떠다녔다. 이럴 때마다 불편한 공기를 정리하는 건 어린 유신혜였다.

"아둠마 못생겨떠. 꾸치, 엄마?"

말도 빨랐던 아이, 유신혜는 몹시 솔직했다.

말귀를 알아들을 무렵에는 그렇게 말하는 게 예의 없는 행동이라고 가르쳤지만, 신혜는 그 뉘앙스를 제대로 이해하지 못했다. 훈육을 멈춘 것은 순전히 통쾌해서였다.

유신혜는 자기주장이 강한 아이였다. 초등학교 저학년 때는 발목까지 내려오는 드레스만 입겠다고 고집을 피웠고, 중학교에 가서는 방학마다 염색을 하겠다고 졸랐다. 공부도 그럭저럭 말썽도 그럭저럭. 딱 그 또래가 하는 말을 하고, 사춘기를 겪는 보통 아이들처럼 엄마를 자주 기막히게 만들었다. 고등학교 때는 친구들을 구름처럼 몰고 다녔다. 뭐가 그리 신나는지, 아이들은 밤이 늦도록 집에 돌아가지 않았다.

"학생이면 학생답게 공부나 열심히 해!"

쓴소리를 하면,

"엄마는 뭐, 늘 엄마답고 그런 줄 알아?"

바락바락 핏대를 세웠다.

"그건 내가 알아서 할게!"

하루에도 몇 번씩 문을 쾅 닫아걸었지만 다행히 문짝이 부서진 적은 없었다. 남주는 여느 엄마들처럼 속상하고 무력한 시간을 견뎠다. 바쁜 일상을 채워가며 차곡차곡 일하다 보니 아이는 훌쩍 자라 있었다. 시간의 힘은 대단했다. 원하는 건 꼭 해야 직성이 풀리는 성격에 둥글고 큰 눈과 숱 많은 머리칼. 중학교 2학년 때 이미 엄마 키를 훌쩍 넘은 유신혜는 그냥 나이 어린 유남주였다.

울고 웃고 소리쳤던 시간은 한데 섞여 꾸준히 흘렀다. 살아낸다는 건 마치 해가 뜨고 지는 것처럼 그냥 자연스러운 과정일 뿐, 남들과 특별히 다를 것도 없었다.

　먼지만 한 알갱이가 자라나 묵직한 돌이 되었으니, 그 정도면 평범하고 안온한 삶이었다. 유남주는 과거를 서랍 속에 쓱 밀어 넣고, 딸과 함께 흘러가고 있는 시간에 최선을 다했다.

　그래야 할 것 같았고, 그러는 게 좋았다.

하울과 언박싱 사이 🤍

저녁 10시. 모녀가 예민해지는 시간이었다.

그냥 잠들기는 아쉽고 그렇다고 뭔가를 시작하기엔 부담스러운 시간, 밤 10시가 그랬다. 늦게 퇴근한 날도 10시 정도면 남주의 일과는 대략 마무리. 똥머리를 틀어 올리고 얼굴엔 팩 한 장 붙인 채로 맥주 한 캔을 들면 더없이 완벽했다. 소파에 반쯤 누워 리모컨을 누르는 시간이면 남주는 행복했다.

"줘봐. 그거 볼 시간이야."

때마침 또 다른 똥머리가 나타나 남주의 손에 들린 리모컨을 훅 채갔다.

"뭐 하는 거야? 나 지금 보고 있잖아."

"엄마도 좋아하는 드라마잖아."

신혜가 누른 채널을 확인하고 나서야 남주는 바짝

쳐들었던 목에서 힘을 뺐다. 두 개의 똥머리가 나란히 앉아 드라마를 본다. 모녀는 가끔 너무 다른 취향 때문에 대척점에 서곤 했다. 무엇보다 드라마. 취향이 갈리는 순간 두 사람에게 자비란 없었다.

남주는 무조건 로맨스였다. 학원물이든 불륜물이든 가족물이든 다 상관없다. 초조하고 달달한 로맨스가 있어야 드라마였다. 소파에 널브러져 남이 하는 로맨스를 감상하는 남주의 모습은 귀여우면서도 처절했다.

"엄마도 연애를 해. 남의 로맨스에 빠져 살지 말고."

"연애가 쇼핑이라도 되냐? 말 걸지 마. 중요한 장면이야."

남주의 힐링 타임, 공격을 받아 줄 여유가 없다. 반면 신혜의 픽은 미스터리 스릴러. 주인공이 어두운 밤, 좁은 길을 미친 듯이 달리고 사람이 끝없이 죽어 나가는데 범인은 알 수 없는 무서운 드라마. 신혜는 스릴러의 아슬아슬함을 좋아했다. 마른오징어 다리를 입에 문 채 긴장된 눈으로 범인의 뒤를 따라간다. 무릎을 끌어안고 화면에 집중하다 보면 어느새 이마에 땀이 배어났다.

"좋아. 스트레스 다 풀려. 저 탄탄한 극본이라니."

소름 끼치게 비슷한 부분도 있었다. 다름 아닌 쇼핑

이었는데, 모녀는 '선 행동 후 고민'의 철칙 하에 움직였고 꼼꼼한 사전 조사 없이 일단 구경부터 하는 특징이 있었다. 적절한 가격대다 싶을 때 거침없이 쓸어 담는 넘사벽의 추진력을 구사하는 것은 물론, 겹치는 아이템을 냉정하게 덜어내는 판단력도 있었다. 남주에겐 정확한 상한선이 있었다. 다이소에선 만 원, 티셔츠는 5만 원, 외투는 가격이 좀 나가더라도 반드시 좋은 제품으로 샀다. 신혜는 남주의 기준을 답답해했지만 따를 수밖에 없었다. 돈이 없으니까.

전투적으로 쇼핑을 마치고 집에 돌아오면 단전부터 즐거움이 차올랐다. '쇼핑한다'는 행위를 즐기고, 작은 물건이라도 일단 사야 즐거워지는 힐링 포인트가 둘이 똑같았다. 언뜻 보면 자매 같아 보이기도 했다. 쇼핑하는 동안만큼은 진짜 자매처럼 다투기 십상이어서 더 그랬을 것이다.

"엄마한테 한 번을 안 지지. 이건 내 말 들어. 저게 낫다니까."

"엄마야말로 양보해. 내 거 사는 거잖아."

목소리 큰 사람이 강한 자로 보이는 세상. 원하는 물건 앞에서 동물의 왕국이 따로 없었다.

대학 합격 통보를 받던 날도 그랬다. 신혜는 다짜고

짜 맥북에어와 아이폰 최신형을 사러 나가자고 보챘다. 모름지기 사람은 이미지, 능력은 장비발인 법.

"엄마. 나 골라났다고. 그거 사줘."

남주는 못 이기는 척 일어나 주섬주섬 옷가지를 챙겼다.

"가까운 데로 가자."

남주가 말하자 신혜가 믿을 수 없다는 듯 입을 쩍 벌렸다.

"무슨 소리야, 엄마. 애플스토어는 가로수길이야. 거기가 찐이라고."

무슨 얘길 해도 신혜 귀엔 들어오지 않았다. 길고 길었던 여정, 모두의 목을 조이던 입시가 끝났으니 하루쯤 마음 놓고 중심을 잃어도 된다. 정말 그래도 되는 하루라는 걸 남주도 알고 있었다.

"노트북은 룩look이야. 시계가 딱딱 맞아서 사람들이 롤렉스를 사는 거겠어? 루이뷔통 백이 다른 가방보다 물건을 잘 담을 수 있어서 비싼데도 많이 팔리겠냐고. 다 예뻐서 사는 거야. 무슨 말인지 알지?"

"기가 맥히는 논리네요, 따님."

결제부터 포장까지 순식간이었다.

"고생하셨어요. 졸업을 축하드립니다."

직원의 입에서 졸업이라는 단어가 나오자 신혜는 감격한 표정을 지었다. 노트북과 새 휴대폰을 갖춘 신혜는 이른바 '대학 룩'을 완성했고 이제 신나는 대학 생활이 코앞이었다. 성인이 되는 건 지붕 없는 집으로 들어가는 기분이기도 했다. '자유'라는 단어 앞에 슬쩍 두려움이 돋아나는 것도 사실. 알아서 결정해야 하는 것이 는다는 것은 그만큼 책임져야 할 일이 많아진다는 뜻이기도 했다.

급식이 시절에는 그저 교복과 몇 장의 레깅스면 완성이었다. 거기에 나이키나 뉴발란스 슬리퍼면 그야말로 화룡점정. 시스루 뱅 헤어에 분홍색 헤어 롤을 마는 건 그냥 당연한 것. 초겨울부터 발목까지 내려오는 롱 패딩을 입는 건 보온보다 패션 때문이었다. 아무것도 아닌 게 유행이 되고 문화가 되는 흐름, 딱 그 나이에만 할 수 있는 것들이었다. 이제 급식이에서 벗어나 세련된 대학생으로 변신한다. 신혜의 발걸음이 날 듯이 가벼웠다. 찬 공기에 볼이 아렸지만, 모녀는 함께 가로수길을 좀 걷기로 했다. 노점에 깔린 핸드메이드 액세서리를 집어 남주의 귀에 대보고, 커다란 유리창 안으로 보이는 귀여운 강아지들을 보느라 펫샵 앞에서 한참을 머물렀다. 그러고는 디저트 카페에 들어가 로열

밀크티를 주문했다.

"뜯어 봐. 어디 한번 보자."

신혜가 꼭 끌어안고 있는 노트북과 휴대폰을 보며 남주가 눈짓을 했다.

"안 돼. 하울과 언박싱은 세트야."

"뭐라고?"

"엄마, 유튜브도 안 봐?"

"하울은 뭐야? 언박싱은 나도 알아. 그거 모르는 사람도 있어?"

남주가 발끈하며 언성을 높였다.

"하울은 물건 사는 거, 언박싱은 뜯어보는 거. 그래서 둘은 짝꿍."

"그런데 왜 지금 안 된다는 건데?"

"이따가 사진 잘 찍어서 인스타에 올릴 거니까. 지금은 여기까지야."

신혜는 래핑 된 노트북을 카페 테이블에 올려놓고 여러 각도로 사진을 찍었다. 남주는 그런 딸이 귀여워서 빙긋 웃기만 했다. 남주 눈에 신혜는 여전히 아기 같았다. 집으로 돌아오니 식탁 위에 할머니가 두고 간 봉투가 있었다. 신혜의 입학 축하 마무리였다.

"축, 대학 입학!"

신혜는 책상 위에 박스 두 개를 올려놓고 한참 동안 바라봤다. 하울과 언박싱 사이에서 잠시 휴식하기로 했다. 아니, 보고만 있어도 좋았다.

폭탄선언 🩶

　신혜는 대학생이 된 것만으로도 정신없이 행복했다. 직접 시간표를 만들고, 새 친구들과 관계를 쌓느라 하루가 어떻게 지나는지 모를 지경이었으니까. 계단형 대형 강의실에서 노트북을 펼치고 앉아있으면 이미 똑똑한 사람이 된 것처럼 느껴졌다. 그러나 꽤 많은 친구가 이미 진로를 결정했고 그 방향으로 대학 생활도 계획했다는 걸 알고 난 후론 뭔가 맥이 빠졌다.

　"너는 진로 어느 쪽이야?"

　친구들의 시선이 신혜를 향했다.

　"아직 1학년인데 너무 성급한 거 아닌가?"

　신혜는 웅얼거렸다.

　"집에선 아무래도 공기업에 취직하라더라. 나는 공무원 매력 없어서 별론데."

누군가의 말에 신혜를 향하던 눈망울들이 이제 제 위치를 찾은 듯 공감의 눈빛을 서로 나눴다. 순식간에 외로워졌다. 대학 1학년이 시한부처럼 느껴졌다.

　동기가 아닌 선배들은 더 현실적이었다.

　"학점은 고고익선. 밥은 혼밥이지."

　신혜가 잘 따르던 준아 선배의 말엔 표정이 있었다. 슬픈 표정.

　"그 말, 왠지 모르게 완전 슬픈데요?"

　신혜의 말에도 준아는 그저 덤덤했다. 불필요한 인간관계에서 오는 피로감보단 뭐든 혼자 해결하는 게 더 편하다는 거다.

　"너도 곧 내 말이 뭔지 알게 될 거야."

　준아 선배는 스펙이 될 만한 것들을 쌓느라 허덕이느니, 차라리 회계사 시험에 올인하겠다고 비장하게 말했다.

　"거절을 당하더라도 확실한 기준이 있는 거절이 낫지. 불확실한 미래 때문에 어차피 희생해야 한다면, 난 시간 하나만 담보 잡을 거야."

　"거절이요? 담보요?"

　"너도 미리 생각해놔. 1년 금방 간다?"

　알 수 없는 말만 늘어놓고 선배는 사라졌다. 낭만은

불쑥 다가왔다가 소리 없이 사라지는 연기 같은 것. 대학만 가면 있다던 백만 가지 즐거움은 어디로 간 걸까. 현실의 대학은 낭만과 설렘이 섞인 또 다른 전쟁터 같았다. 준비운동도 없이 바로 실전투입이라니 너무 잔인하잖아. 이 슬픔은 갓 튀긴 치킨으로도 치유하기 힘들 것 같다. 치킨만도 못한 대학이라니, 좌절이 쏟아져 내렸다.

어른이 된 후에도 매뉴얼 같은 게 필요한 걸까? 세상은 무심한 듯 그저 냉정하기만 하다. 아직 모르는 게 많은데 앞으로는 더 많아질 것 같아. 진정 우울한 밤이 될 것 같았다.

선배의 말은 자꾸만 신혜의 주위를 맴돌며 신경을 긁었다. 학점은 고고익선이란 말에는 물론 동의하지만 밥마저 혼밥이라니.

"너는 입시의 이응 하나도 맛보지 못한 거야. 대학 시절이란, 너의 삶을 제대로 디자인해야 하는 시기라고. 놀 생각만 하다 보면 결국 하고 싶은 일을 할 수 없게 된다잖아. 정말 무섭지 않냐?"

입시의 문턱을 넘고 한숨 돌렸는데 더 큰 입시가 기다리고 있다니. 보이지 않는 적은 대학 곳곳에 있었다.

인턴을 모집하고, 봉사활동을 권하는 홍보물을 볼 때면 덜컥 겁이 났다. 낭만을 꿈꾸는 신혜를 어디선가 비웃고 있을지 몰라. '실망'이라는 단어 하나로는 담아내기 힘든 복잡한 심경, 무언가 새로운 게 필요했다. 신혜는 그런 일을 만나고 싶었다.

"대학 생활에 대해 로망이 없었던 분 있을까요? 저도 그랬거든요. 심지어 전 로망밖에 없었거든요. 막상 대학 가면 더 차가운 현실이 기다리고 있단 소리를 들어도 전 안 믿었어요. 나는 다를 거니까. 사람들이 또 다른 입시에 뛰어들어도 난 아닐 거야! 막 이랬는데. 대형 강의실에서 공부하다가 우연히 옆을 보면 차은우처럼 생긴 훈남이 공부하고 있고, 동방에 앉아있다가 스타일 좋은 선배와 썸도 타고 그럴 줄 알았는데 말이죠."

"벚꽃 피는 교정에서 썸을 왜 타냐? 벚꽃 필 때는 시험 기간이라고."

우연히 보게 된 《대학생활》이라는 유튜브 영상 속 대화가 신혜를 사로잡았다. 원래는 연예인들의 하울 영상이나 찾아볼 생각이었다. 시간 죽이기에는 게임보다 유튜브가 낫지. 그러다 우연히 만나게 된《대학생활》콘텐츠. 신혜는 시간 가는 줄 모르고 화면 속으로 빠져들었다. 공감 포인트에 푹 빠져 다음 영상을 또 검색하다 보니 이미 동틀 무렵이었다. 이상하게도 그들과 마주앉아 대화를 나누는 느낌이 들었다. 유튜브는 대화의 통로였다. 많은 이들이 자신의 개인 채널을 통해서 하고 싶은 말을 하고, 정보를 얻고 있었다. 온라인 주식 계좌를 만드는 방법을 알고 싶을 때 검색창을 열어 키워드를 검색하는 건 너무 구식이지. 요즘 정보의 바다는 유튜브 플랫폼 안에 존재하고 있었다. 그렇다면 스무 살 유신혜도 유튜브 세계로 뛰어들어야 하지 않을까. 갑자기 의욕이 샘솟았다.

스무 살 대학생의 삶을 벤다이어그램으로 그릴 때, 선택할 수 있는 달콤한 것들 사이에는 분명 교집합이 존재했다. 어느 하나를 온전히 취하고 싶다면, 분명 한 편은 포기하는 편이 효율적이었다. 유튜브 크리에이터가 되기로 마음먹기까지 걸린 시간 정확히 3초. 결정이 빨랐던 건 다른 가능성을 저울질할 필요가 없을 만큼 확신이 들어서였다. 세상이 바뀌었잖아. N잡러는 기본이라는데 또 하나의 기본기를 쌓는다 생각하면 이건 정말 미래지향적인 스펙이다.

문제는 유남주 여사다. 대학에 들어간 지 얼마 되지도 않아 다짜고짜 학업을 멈추고 다른 걸 해보겠다는 딸을 쉽게 이해할 수 있을까. 아마도 꽤 터프한 설득의 과정이 필요할 것 같았다. 그날 저녁, 신혜는 눈을 질끈 감고 일단 폭탄을 던지기로 마음먹었다. 쇠뿔도 단김에 빼라고, 신혜는 생각이 정리되자마자 바로 실행에 옮겼다.

　"엄마. 나 휴학했어. 그런 줄 알아."

　던졌다. 폭탄. 이럴 땐 폭탄선언이 답이다.

　"뭐라고?"

　"이미 처리 다 했어. 학기 마칠 때까진 다닐 거고."

　"왜?"

　엄마의 방어는 당연하다. 엄마니까. 그래도 물러섬 없이 당당하게 말해야 한다. 공격은 최선의 방어. 신혜는 다시금 마음을 바로잡았다.

　"계획이 있어."

　"무슨? 무슨 계획?"

　엄마의 목소리 톤이 점점 높아지고 있었다. 제대로 폭발하기 전에 미리 계산했던 동선으로 후룩 사라져야 하는데 이상하게 신혜의 발걸음이 자꾸 꼬였다. 여기서 쫄면 안 되는데.

"이게 지금 뭐라는 거야? 너 제정신이야?"

"엄마, 유튜브 알지?"

"그게 뭐!"

"나 유튜브 할 거야. 그걸로 정했어. 생각해봤는데 우리 둘이 같이하면 좋을 것 같아. 어때? 모녀 뷰티 크리에이터, 정말 멋지지 않아?"

폭탄을 던진 신혜가 이때다 하고 후룩 달려가 방문을 닫았다.

"그런데 휴학은 또 왜?"

선제공격을 당한 남주는 이미 상황이 시작되었음을 본능적으로 깨달았을 것이다.

"뭘 너랑 같이한다고? 말 똑바로 안 해?"

분이 풀리지 않은 남주는 주방에 오도카니 서서 가쁜 숨을 몰아쉬었다.

신혜는 늘 그랬다. 호기심이 생긴 일은 꼭 확인해야 직성이 풀렸고, 기분 상한 일이 생겼을 때도 이유를 직접 풀어내지 못하면 꼬인 마음을 쉽게 풀지 않았다.

"밤톨만 한 게 아주 대쪽 같아."

남주의 엄마는 손녀를 그렇게 표현했다.

"대쪽 같은 년. 아주 가지가지 하지."

한동안 침묵이 이어졌다. 원래 위대한 결정의 서막

을 위해 감당해야 할 침묵이었다. 침대에 걸터앉으니 신혜 귓가에 쿵쿵 심장 소리가 들렸다. 익숙한 bpm. 그 어떤 것도 막을 수 없는 장엄한 리듬.

신혜 마음을 울리는 설렘의 북소리였다.

왓츠인마이백 WIMB 🤍

지하철에서 아이돌 가수 A의 왓츠인마이백 영상을 보느라 정신이 팔렸던 신혜는 내려야 할 역을 두 정거장이나 지나쳤다. 이래서 지하철에선 너무 재밌는 걸 보면 안 된다. 그러나 이미 때늦은 각성, 제시간에 강의실에 당도하긴 틀렸다. 정확히 15분 지각. 왜 하필 대형 강의실 수업일 때 지각이냔 말이다. 신혜는 머리를 숙이고 최대한 사뿐사뿐 걸어들어가 아무 빈자리에 엉덩이를 붙였다. 휴, 하고 숨을 몰아쉬는데 옆자리에 앉은 누군가가 정신없이 졸고 있었다. 올블랙 패션의 한 학년 선배 최덕준이었다.

덕준은 좀 기괴한 선배였다. 어둠의 자식 느낌의 옷차림에 호전적인 표정과 말투는 어디서든 도드라졌다. 학과 행사에는 가장 늦게 와서 잠깐 머무르다가 훅 사라졌고 오전 수업에서는 주로 졸거나 아예 엎드려 잤다. 동기들 사이에선 '맨자선'으로 통했는데, 맨날 자는 선배의 줄임말이었다.

"그런데 왜 선배는 수업 시간에 늘 자요? 밤에 다른 일해요?"

신혜가 물었다. 신혜는 남들이 못 하는 말도 툭툭 잘 뱉을 수 있는 사람이었다. 돌려 말할 줄을 몰랐다.

"재미있는 거 하는 거면 저도 좀 알려주세요."

신혜의 눈빛이 때에 맞지 않게 진지하고 간절해서, 덕준은 자신도 모르게 웃음을 터트렸다.

"얘 진짜 특이하네. 신경 꺼."

특이한 후배 덕이었는지, 그날 수업에서 덕준은 졸지 않았다.

"네? 랩이요?"

"응, 힙합."

"우와. 멋있다."

"평범한 건 재미없고 따분하잖아. 이 답답한 사회를 향해 주먹 한 방 날리는 거지."

주먹을 불끈 쥔 덕준의 눈이 반짝였다. 좀 멋진걸, 신혜는 움찔했다.

"랩 한다는 사람은 실제로 처음 봐서요. TV에서만

봤지."

호기심 가득한 신혜를 보고 덕준은 미소를 머금었다.

"랩 하는 거 보여주세요. 너무 궁금해서 그래요."

"지금? 내가 왜?"

훅 들어오는 신혜의 행동에 덕준은 헛웃음을 뱉었다. 신혜는 다람쥐처럼 졸랐다.

"보여줘요. 제발요."

"유튜브 찾아봐. 더키오 검색하면 돼."

"더키오? 선배 유튜브 해요?"

신혜는 점점 멀어지는 덕준의 등을 바라보면서, 입속으로 '더키오'라는 말을 몇 번이고 굴려보았다. 발음도 멋있다, 입었던 티셔츠도 간지 나, 하면서. 시니컬한 덕준의 태도에 신혜는 기분이 묘했다. 이런 게 바로힙합 정신인가.

"그런데 왜 공부도 열심히 해요? 랩에 목숨 걸어야하는 거 아니에요?"

신혜의 질문에 덕준은 '부모님에게 신뢰를 쌓는 중'이라고 말했다. 꿈에 관한 자기의 자세가 진지하다는걸 증명하고 싶단다. 그 말에 덕준이 달리 보였다. 거칠게만 느꼈던 힙합 정신이 숭고하게 느껴질 정도로. 신혜는 유튜브에서 더키오를 검색했다. 검은 비니를

눌러쓰고 선글라스를 낀 덕준이 화면을 쏘아보며 랩이라는 걸 하고 있다. 좀 전까지 눈앞에 있던 그와는 분명 다른 사람이다. 어깨 관절까지 자신감이 꽉 차 있었다. 유명 랩을 커버하는 덕준, 가사를 쓰고 연습하고 있는 덕준의 모습은 같은 듯 모두 달랐다. 손을 좌우로 휘저어가며 웅얼거리는 모습은 왜 대책 없이 멋있고 난리. 신혜는 같은 영상을 몇 번이고 반복해서 돌려봤다. 매력적이다. 신혜는 턱을 괴고 오랫동안 그의 채널에 머물렀다. 자꾸 "매력 있어"를 반복하고 있는 줄도 모르고 말이다.

"선배 랩 말인데요. 뭔 말을 하는지 도대체 모르겠던데요."

다음 날 덕준을 보자마자, 신혜는 다짜고짜 랩 얘기부터 꺼냈다.

"멈블 모르냐? 멈블이 원래 그런 거야. 웅얼웅얼하는."

"멈블요?"

덕준은 신혜의 눈을 빤히 바라봤다. 신혜의 눈이란, 정말 순도 100% 아무것도 모른다는 눈빛이었다.

"목표를 향해 가는 중이지 지금은. 나중에 《쇼미더머니》에 나가서 우승하면, 만나고 싶어도 못 만나니까 나한테 미리 잘 보여 놔라. 나 꼭 성공할 거야."

"내가 아는 그 《쇼미더머니》? 서바이벌 프로그램? 와, 스웩!"

신혜는 마른침을 꼴깍 삼켰다.

"난 다른 건 하나도 궁금하지도 재밌지도 않아. 랩이 제일 좋아. 가사 쓰면서 이것저것 시도해보는 중인데, 하면 할수록 너무 내 길이야."

말하면서도 진심으로 행복해하는 덕준의 얼굴을 보고, 신혜는 하마터면 귀엽다고 말할 뻔했다. 덕준은 한심한 '맨자선'이 아니라, 삶의 계획을 세운 사람이었다.

"그깟 세상, 한번 내 발로 밟아줄게."

영상 속 덕준의 엔딩 랩은 이상하게도 신혜의 귓가에 자꾸만 맴돌았다. 그래, 역시 유튜브야. 유튜버의 삶에 신혜는 점점 더 강하게 끌렸다.

신혜도 본격적으로 자신의 채널 설계에 들어갔다. 개인 방송 채널을 시작할 때 가장 중요한 것이 바로 기획이라 했다. 즉 정확한 콘셉트를 정하는 거다. 남들 다 하는 건 안 된다. 이미 열어놓은 길을 답습하는 건 실패의 지름길. 초강력 병맛으로 인상을 남기는 정도가 아니라면 이미 나온 것 중에는 답이 없다고 보는 게 맞았다. 신혜는 노트를 펼쳐놓고 생각나는 대로 정리해봤다. 어떤 게 새로운지, 어떤 콘셉트가 좋을지.

"뭐 하는 거야? 그림 그려?"

등 뒤에서 갑자기 말을 건 사람은 다름 아닌 덕준이었다. 학생 식당에 앉아 노트에 무언가를 썼다 지웠다하는 신혜의 모습이 이상했는지, 덕준은 어느새 신혜뒤에 바짝 붙어 서서 고개를 갸우뚱하고 있었다.

"유튜브 하려고요. MC 더키오처럼."

신혜는 눈을 가늘게 뜨고 손가락 총 모양을 보이며촐싹댔다. 신혜의 말을 들은 덕준이 슬쩍 웃으면서 깊숙이 고개를 숙여 신혜의 노트를 살폈다. 신혜의 머리카락과 덕준의 니트 비니 사이에서 작은 정전기가 피어났다.

"이게 쉬워 보여도 안 쉬워. 절대."

"알죠. 나도 잘할 수 있어요."

신혜는 순간 발끈했다. 자기만 잘한다는 거야, 뭐야.살짝 기분이 상할 뻔했다. 신혜에게도 필살기가 있다고. 콘셉트는 다름 아닌 뷰티. 뷰티의 '뷰'도 잘 모르는신혜가 덜컥 크리에이터로 도전장을 내밀겠다는 데는다 이유가 있었다. 베테랑 뷰티 인력인 엄마, 유남주여사와 함께 유일무이한 모녀 뷰티 채널을 만들 수 있을 것 같아서였다.

엄마와 딸의 뷰티 브이로그. 아직 같은 콘셉트의 채널을 본 적은 없었다. 기획만 잘한다면 충분히 승산 있는 게임이다. 물론 처참한 실패로 남아 온라인 우주 어딘가에 고스란히 박제될 수도 있으려나. 초특급 동안에 젊은 감각과 예쁜 얼굴의 소유자인 엄마에게 거는 기대가 컸다. 다년간의 판매 경험으로 다져진 '솔' 톤의 목소리는 또 어떻고. 눈을 반짝이며 수려한 언변으로 구독자를 끌어들이는 남주의 모습이 벌써 눈에 선했다.

노트 한쪽을 빼곡히 채우고 나서야 비로소 신혜는 고개를 들었다. 학생 식당엔 어느덧 신혜를 포함해 단 네 명의 학생만이 남아 있었다. 즐거운 일이란 역시 마법과도 같지. 이렇게 긴 시간이 흘렀는지 신혜는 전혀 몰랐다.

♥ 캐논 EOS M50 mark2 렌즈 추가 대략 100만 원

　　→ 휴대폰으로 시작, 추가 비용 0원

♥ 마이크와 조명은 대략 3, 4만 원

　　→ 스타터 모델로 일단 시작

♥ 크로마키 스크린은 문구점에서 전지 사이즈 색상지로 대체

　　→ 5,000원 이내에 해결

♥ 편집 프로그램은 일단 무료 프로그램을 적극 활용

♥ 고사양 PC는 나중에, 아주 나중에. 아주 아주 잘 되면

초보 유튜버들이 모인 온라인 카페에도 가입했다. "나만의 SNS 영향력 키우기. 함께 이루어가요"라는 말 한마디가 든든하고 따뜻하게 느껴졌다. 목표가 있는 삶의 강렬한 기운을 신혜는 이제야 온몸으로 느낀다. 원하는 일을 하고 있다는 증거. 지금의 신혜가 그걸 증명하고 있었다.

크리에이터로서의 출발을 축하한다

덕준이 카톡을 보냈다. 덕준의 목소리가 들리는 느낌이다. 신혜는 집으로 가기 위해 가방을 정리하면서, 문득 가방을 크게 벌려 사진을 찍어보았다. 지갑과 에어팟, 물티슈와 필통, 사탕 두 개와 화장품 파우치 그리고 휴대폰이 있다. '왓츠인마이백'이 아닌 '왓츠인마이브레인'이 필요한 시간. 이제 차곡차곡 담기만 하면 될 것 같다. 정신과 마음을 한꺼번에 다잡는다. 이미 게임은 시작됐다. 이기든 지든 그것은 나중에나 알 수 있는 게임이었다.

신혜의 눈빛이 나른해진다.

지금은, 시작만으로도 충분했다.

톡톡톡 🖤

이름대로 된다는 말이 있다. 일생을 좌우할 만큼 중요하기도 한 것이 바로 이름이다. 신혜는 자기 이름이 참 마음에 들었다. 들을 때마다 좋았고 들을수록 기분이 좋아졌다.

엄마가 좋아하던 배우는 '황신혜'였지만, 들을 때마다 신혜는 자신이 '박신혜'가 된 것 같아 설렜다. 이름부터 알게 된 사람들은 신혜가 으레 미인일 것이라 예상했다. "이름처럼 예쁘시네요."라는 말을 들으면 배시시 웃음이 돌았다. 이름이 주는 힘. 신혜가 그 누구보다도 잘 알고 있었다. 유튜브 채널에도 좋은 이름이 필요했다. 시선을 사로잡는, 그리고 귓가에 맴돌 만큼 중독성 있는, 그런 이름이어야 했다. 리듬이 느껴지면 좋겠는데 그렇다고 너무 가볍진 않아야 하지. 채널의 성격을 한눈에 드러내는 그런 단어, 그 단어를 찾는 게 급선무였다.

아이디어는 게으름 중에 피어났다. 신혜는 항상 그 랬다. 늘 그렇듯 이불을 덮고 눈은 반쯤 감고 아무것도 들어있지 않은 입을 오물오물하며 무언가를 생각하고 있었다. 좋은 생각이 떠오르길 기다리며 행하는 일종 의 주술.

"유신혜! 너 또 그렇게 늘어져 있을 거야?"

남주 목소리가 들린다. 신혜는 목 끝까지 이불을 당 겨 올렸다. 조금만 더. 조금만 더. 지금이 딱 좋단 말이 야. 채근하는 남주의 목소리가 들리면, 이상하게도 신 혜는 오히려 하품을 참을 수 없었다. 순식간에 잠이 몰 려왔다.

남주의 아침은 늘 같은 과정의 반복이었다. 아침 7 시면 어김없이 기상. 천천히 온몸의 근육과 감각을 달 래가며 깨웠다. 목을 좌우로 움직이고 팔다리를 살살 흔든다. 잠에서 깨자마자 벌떡 일어나는 행동으로 근 육이 놀라게 하는 건 절대 금물, 침대에 누운 채 하는 기본 스트레칭도 잊지 말아야 했다. 물론 공복에 마시 는 미지근한 물 한 잔은 너무나도 중요하지. 같은 이야 기를 귀에 딱지가 앉을 만큼 들은 신혜는, 보지 않아도 엄마의 모습이 보이는 듯했다. 남주가 마시는 미지근한 물의 온도는 대략 24.5℃, 그즈음이어야 하는 것까지도.

톡. 톡. 톡.

이제 그 소리가 들릴 시간. 신혜는 누워서 가만가만 그 소리를 기억해낸다. 엄마가 얼굴을 두드리는 소리. 기본 케어를 시작하는 소리다. 스킨소프너를 화장 솜에 묻혀 살살 닦아내고, 손가락으로 얼굴을 두드렸다. 가녀린 손가락이 얼굴 위에서 춤을 추는데, 바닥을 두드리는 빗소리 같은 게 들리는 것 같아서 어린 시절 신혜는 발끝을 세우고 그 소리에 귀를 기울였다. 아래에서 위로 쓸어 올리는 손짓은 빨랐고, 눈 주위를 두드릴 땐 더 섬세하고 더 빨랐다. 규칙적으로 반복되는 남주의 시간 속에서 어린 신혜는 학생이 되고 또 스무 살이 되었다.

"엄마아."

작은 창문으로 들어오는 햇빛을 받은 남주의 얼굴이 반짝반짝 빛났다. 어린 신혜는 그 반짝임이 좋았다. 그때를 신혜는 지금도 가끔 떠올렸다. 마음으로도 들을 수 있는 그 소리. 때론 뿌연 상상 속 장면처럼. 꿈인지 현실인지 모르겠는 흐릿한 기억 어딘가에서 또다시 톡.톡.톡.

"관리는 미리미리. 나중에 엄마 말 들을걸 그랬다며 후회하지 말고. 피부만 그런 줄 알아? 건강도 다 마찬가지인 거야."

이제 남주의 잔소리가 슬슬 부스터를 가동한다. 부릉부릉 잔소리는 신혜의 아련한 상상을 단칼에 잘라낸다. 남주의 잔소리가 높아질 때면 신혜는 아무렇게나 뭉개진 목소리로 꾸역꾸역 대답했다.

톡톡 톡톡톡.

순간, 귀로 들어왔던 단순한 소리가 음률이 되어 다시 신혜의 입 밖으로 새어 나왔다. 톡톡톡. 톡톡. 톡. 톡. 갑자기 신혜가 이불을 박차고 침대에서 일어나 종종걸음으로 방안을 움직였다. 뭔가 좋은 예감이 몸속 깊이 파고든다.

마음을 두드리는, 당신의 얼굴을 두드리는, 키보드를 두드리는. 톡톡톡.

신혜는 유레카를 외쳤다. 찾았다. 네 이름!

안녕하세요?

당신을 특별하게 해주는 기분 좋은 이야기.

마음을 톡톡. 얼굴을 톡톡.

《톡톡톡TV》크리에이터 토키입니다.

영상의 처음과 끝에 반복될 멘트. 신혜는 거울을 보고 50번도 넘게 연습했다. 너무 웃으면 바보 같고, 그렇다고 진중한 얼굴을 하는 건 영 이상할 거라 걱정이 앞섰다. 표정도 문제, 발음도 문제였다. 최대한 밝고 귀엽게 해야 하는데. 표정에 신경을 쓰면 발음이 꼬였고, 경쾌한 리듬으로 잘 전달했다 싶으면 자꾸 흰자가 슬쩍슬쩍 보이는 거다. 역시 연습만이 살길이겠지. 신혜는 비장하게 화면을 쏘아봤다.

신혜

뷰티 크리에이터 토키가 전하는 뷰티 꿀팁.

40년 넘게 백옥 피부를 지켜오신 전문가를 모시고, 첫 이야기를 시작해볼까 해요.

자, 여러분! 그런데 이분은 누구일까요? 정말 대단하신 분이에요. 특히 저에게 더더욱 그렇죠. 알겠다 싶으신 분 댓글 달아 주세요. (속삭이듯이) 맞추시는 분께 선물 있어요.

인사 먼저 할까요? 누군지 소개 부탁드려요.

남주

안녕하세요? 어 그러니까 제가 음.

아, 인사드릴래요. 안녕할래요?

저는. 제가. 아. 저는. 어머!

전혀 예상하지 못한 상황이 벌어졌다. 남주가 딱딱하게 얼어붙어서 어딘가 고장난 듯 말을 제대로 잇지 못하는 거다. 엄마의 실수 영역은 계산에 넣어둔 적 없었는데, 손가락을 바들바들 떠는 엄마의 모습을 보는 신혜의 심장이 싸르르 아파왔다. 안쓰러우면서도 짜증이 치솟았다.

진돗개 하나 발령!

신혜는 중지 버튼을 눌렀다. 당연한 건 역시 아무것도 없는 법. 생각지도 않았던 시련이 닥쳤다. 신혜가 유튜브 채널의 콘셉트에 관해 설명했을 때, 남주는 내심 기분 좋은 눈치였다. 아마도 자신이 핵심적인 역할을 하게 될 거라는 예감이 들었기 때문이었을 거다. 엄마가 잔소리만 해댄다며 귀를 탈탈 털어대던 게으름뱅이 딸이 결국은 엄마가 꼭 필요하다고 말하는 시간, 남주의 입꼬리가 살짝살짝 위로 움직이는 건 그럴만했다.

"조금 해보다가 영 아니다 싶으면 바로 공무원 시험

준비하는 거다?"

남주가 목소리에 제법 근엄함을 한 국자쯤 섞어 말했다. '내가 도와주는 거야'라는 으름장. 신혜는 자신이 공무원과는 어울리지 않는다 생각했지만, 실패하게 되면 무조건 엄마 뜻에 따라 공시생이 되겠다고 철석같이 약속했다. 이유는 물론 단 하나. 절대 실패하지 않을 거란 믿음 때문이었다. 그리고 굳은 믿음의 근원은 엄마, 남주였다.

남주는 화장품 업계의 베테랑 판매원이었다.

"고객님. 저도 이 제품 오래 썼어요. 이게 참 좋더라고요."

남주가 고객 곁에서 속삭이듯 한 마디만 던지면, 고객의 고민은 말끔히 종료됐다. 하얗고 맑은 피부에 주름 없는 눈매를 가진 판매원의 진심에 넘어가지 않을 사람은 없었으니까. 평생 차곡차곡 담아온 자기 관리가 찬란하게 빛을 발하는 순간이었다.

"언니, 이 제품 쓰신다고요? 갑자기 확 신뢰감이 생기네?"

손님들은 남주에게 홀린 듯, 그녀가 권한 제품을 샀다.

"이 맛에 판매를 하지."

남주의 치트키는 바로 남주, 자신이었다. 그녀는 자

기의 일을 좋아했다. 이번 달에도 매장 내 최고 매출을 찍었고, 고객의 칭찬 카드도 두 장이나 붙었다. 자신의 뷰티를 철저하게 챙겨온 덕이기도 할 것이다. 그런 남주가 고객이 아닌 말간 렌즈 앞에서 맥없이 무너지다니. 콘텐츠 성공의 여부는 남주의 활약에 달려 있었으니 그야말로 대략난감했다.

- ♥ 동안 비결 (엄마)

- ♥ 얼굴 톤에 맞는 파운데이션 사용 꿀팁 (엄마)

- ♥ 립밤 공략 리뷰 (엄마)

- ♥ 민낯? 풀메? 내추럴? (나+엄마)

- ♥ 마스크 메이크업 (나+엄마+친구들)

신혜는 길고 나직하게 얕은 숨을 내쉬었다. 아이템 북에 남주 없이 진행할 수 있는 주제는 없었다. 시작하자마자 위기에 봉착할 줄이야. 끝날 때까진 끝난 게 아니라고 누가 그랬더라? 앞일을 알 수 없다는 말에 이렇게 공감한 적은 없었다. 정말 맞다. 끝날 때까진 끝난 게 아니어야 한다. 지금은 꼭 그래야 했다. 제발!

롤플레잉 🤍

　휴대폰 벨 소리가 청아하게 울렸다. 그런 느낌이 드는 날, 그저 같은 멜로디가 무언가 다른 말을 하는 것처럼 묘하게 들리는 날. 마침 휴대폰을 쥐고 있던 신혜는 반사적으로 전화를 받았다.

　"여보세요?"

　박진아다.

　"요오. 신혜. 뭐 하고 있어?"

　'여보세요' 대신 '요오'를 외치는 것도 여전하네. 진아와는 고등학교 2학년 때 같은 반이었다. 진아는 공부는 안 하는 것처럼 보여도 매번 이상하게 성적이 좋은, 한 마디로 기분 나쁜 친구였다(모두가 그렇게 말했다). 다리까지 쭉 뻗고 심하게 헤드뱅잉을 하며 졸다가, 혼자 지레 놀라 앞에 서 있는 선생님 다리를 걷어찼던 건 두고두고 전설적인 놀림거리로 남았다.

"사실 난 어쩌면 너를 마음속으로 동경하고 있었는지도 몰라."

고등학교 졸업 후 처음으로 마주앉아 맥주 500cc 잔을 부딪던 날, 신혜가 말했다.

"뭔 소리?"

진아는 의아해하며 웃었다.

"알다시피, 나도 엄청난 게으름충이잖냐. 나보다 더한 애는 네가 처음이야. 게으름 능력치는 너보다 내가 늘 부족해. 자존심이 상한다고."

신혜는 눈을 내리깔고 입을 삐죽거렸고, 맞은편에 앉은 진아는 손뼉을 쳐가며 큰 소리로 웃었다. 학교는 의무로 다니고 집에서 전과목 과외를 한다는 소문이 교내에 파다하더니 정말 사실이었는지 진아는 명문대에 턱 붙었다. 신혜는 고개를 절레절레 저었다.

"어우. 오랜만. 학교 잘 다니고 있냐? 거기서도 꾸벅 꾸벅 조냐?"

휴대폰 너머로 깔깔 웃는 소리가 들렸다.

"됐고! 요즘은 활동 안 해?"

"뭘?"

"뭐긴 뭐야. 오작교 말이지."

아, 오작교!

지금은 개점휴업 중인, 과거 신혜의 별명이었다.

처음엔 그저 재미있는 장난 같은 거였다. 입시를 목표로 한창 달려가던 시기, 아이들은 모두 장난에 고파있었다. 성적의 높고 낮음, 재능의 여부와 상관없이 그들은 즐겁게 놀고 싶은 고등학생일 뿐이었다. 공부가 우리의 인생을 얼마나 지켜주겠냐며 깊이 있게 토의를 하다가도, 즉석 떡볶이 사리 추가 여부를 놓고 서로 마음이 상하기도 했다. 창밖을 보다가 누군가가 "아. 연애하고 싶다."라고 말하면, "나도. 나도." 하며 장난처럼 공감하던 그때. 10대의 젊음이라는 것이 팡팡 터져 나오던 시절의 일이었다.

1호 고객은 체육특기생인 주선영이었다.

"쌩얼이 예쁘게 보이는 방법이 따로 있을까? 남친이 자꾸 자기 전에 영상 통화를 하자고 하는데, 나 쌩얼 자신 없다고."

선영이 툴툴댔다. 그럴 만도 하지. 선영은 솔직히 좀 못생겼다. 하드웨어가 저런 경우, 달변인 신혜도 좀 난감한 게 사실이었다. 패션의 완성은 얼굴이라고, 스타일이나 분위기로도 극복이 어려운 하드웨어가 있기 마런이었고, 그럴 때마다 신혜의 오작교 활동은 위기에 봉착했다.

"음. 최대한 조명을 이용해 보는 건 어때? 방은 좀 어둡게 하고 스탠드 조명을 얼굴에 직접적으로 비춰 봐. 전체가 환해 보이게. 빛이 떨어지는 부분에 쿠킹 포일 같은 걸 깔고 반사판 대용으로 써도 좋지. 환하면 일단 예뻐 보여. 그리고…… 전화를 좀 빨리 끊어."

선영의 입이 조금씩 벌어졌다. 놀랐겠군. 신혜는 어깨를 으쓱거렸다.

"그리고 자기 전에 얼굴 안 예쁘다 어쩐다 하는 놈이랑은 당장 헤어져. 나쁜 놈 아니냐?"

선영이 고개를 끄덕이며 엄지 척을 날렸다. 모태솔로인 신혜였지만, 희한하게도 다른 이의 연애를 디자인하는 능력은 탁월했다. 로맨스 소설을 너무 많이 읽은 탓일까? 부족하거나 넘침 없이 딱 현실적으로 조언했다. 신혜 자신이 봐도 놀라울 정도로. 이렇게 운을 엉뚱한 곳에 다 쓰면 안 되는데, 하는 바보 같은 걱정을 하는 날이 생길 정도로 말이다. 학생의 운이라 함은 모름지기 시험장에서 쏟아져야 제격인데 말이다. 용한 썸 메이커로 활동하느라 수능에서 오히려 불운을 맛보게 되진 않을는지 걱정이 됐으니, 얼마나 승률 좋은 컨

설턴트인지는 굳이 길게 설명할 필요가 없을 것이다.

진아도 오작교 의뢰인이었다.

"자꾸 날 보고 웃는 거야. 버스에서도. 복도에서도. 이거 그린라이트지?"

"아니? 걔가 그냥 웃는 걸 수도 있잖아."

"진짜?"

진아는 몹시 실망한 눈치였다.

"그런데 이미 좋아하게 됐어, 난."

진아의 고개가 푹 떨어졌다. 진아가 실망하는 모습을 보자마자 신혜의 승부욕이 불타올랐다.

"그렇담 정말로 만들어볼까? 네가 이상형이 되면 되잖아."

진아의 얼굴에 환하게 꽃이 피어올랐다. 진아는 이미 성공한 듯 행복감에 취해 있었다. 상대는 신혜도 안면이 있는 남학생이었다. 같은 영어 학원에 다니고 있는, 너도 좋아하고 나도 좋아하는 이른바 모두의 연인인 아이였다. 신혜는 촉각을 곤두세웠다. 관심은 쏟되 최대한 무심한 태도를 유지해야 했으니까. 의뢰인의 상대에게 마음을 뺏긴다면, 그건 정말 프로의 자존심에 먹칠하는 거지. 학원에서 복도를 오가며 그 애와 친구들이 하는 이야기에 귀를 활짝 열었다. 그들이 편의

점에 갈 때면 괜히 따라붙어 아무거나 집어들며 대화를 엿들었다. 신혜는 프로니까.

"이 정성으로 공부를 하면 우리 엄마가 울며 감동을 할 텐데 말이야."

진아와 마주앉은 신혜가 말했다.

"사람의 재능이란 건 원래 다 정해진 거잖아. 정성을 들인다고 갑자기 천재가 되는 건 아니라서 괜찮아. 내가 보기에 넌 이쪽 방면에서 큰 열매를 맺을 것 같아."

진아는 때로 꽤 재수 없게 말했다.

"일단, 화장이 진한 여자애는 별로라는 걸로 봐서 좀 청순한 스타일을 선호하는 것 같아."

"청순?"

진아가 잠시 생각에 잠겼다. 자신의 얼굴에 청순을 대입해보는 중인 건지 입술과 눈썹을 이리저리 움직여댔다.

"그리고 확실한 거 하나 더."

"뭔데?"

진아가 얼굴을 바짝 들이댔다.

"에드 시런."

신혜는 대단한 정보를 전하는 양 고개를 숙이고 소리를 낮췄다.

"에드 시런이 뭘 어쨌는데?"

"거의 마니아 수준으로 좋아한대."

진아의 표정이 어려운 수학 문제를 풀 때처럼 오묘해졌다.

"대박. 개멋있어."

사랑은 미친 짓이라지. 박진아는 무슨 얘길 해도 멋있다고만 반복했다. 정신 차리라고, 박진아야.

에드 시런을 좋아한다고 말하는 고2는 셋 중 하나였다. 이것저것 관심 많은 '기웃기웃 그룹'이거나 유행을 따라 민감하게 움직이는 '소심한 관종 그룹', 그리고 팝 음악의 '찐팬'이 마지막 하나였다. 그 애의 경우엔 놀랍게도 세 번째였다. 취향이 확실한 사람과의 연결 가능성은 모 아니면 도. 분명한 성격은 두드리기 어려운 문과 같다. 그 문을 열면 무조건 성공이지만 영원히 열리지 않는 문일 수도 있다는 게 핵심. 오작교에 올라탄 박진아가 양 갈래 길 가운데에 서게 되었달까. 정답은 하나. 에드 시런을 공략해야 했다.

"날 위로해주는 것 같아. 듣고 있으면 고민이 사라지고."

놀랍게도 진아는 에드 시런의 충실한 리스너가 되었다. 그 애에게만 향하던 진아의 관심이 에드 시런에게 분산되면서 새로운 국면에 접어들었다. 심지어 진아는 그 애 못지않은 찐팬이 되어버렸고 그다음 과정부터는 물 흐르듯 자연스럽게 흘러갔다. 이른바 전세 역전! 에드 시런의 다이브Dive를 흥얼거리는 진아를 그 애가 돌아봤고, 그의 감정이 시작됐다. 결국 진아의 연애는 생각보다 이른 시점에 시작됐다. 오작교의 명성에 걸맞은 섬세한 한판 대결이었다. 그저 같이 음악을 듣거나 편의점에서 컵라면을 먹는 게 데이트의 대부분이었지만, 좋아하는 음악과 사람을 동시에 얻게 된 건 정말 꿈 같은 경험이라고 진아가 말했다. 연애는 찐득한 초콜릿 아이스크림, 사랑의 감정은 요물 같은 것. 진아의 행복감이 신혜에게도 듬뿍 전해져왔다.

"그런데 너는 왜 연애를 안 해? 할 생각은 있어?"
대학생이 된 진아가 신혜에게 물었다.
"중이 제 머리 못 깎는다잖아."
진아는 에드 시런의 노래를 듣다가 문득 신혜 생각이 나서 전화를 걸었다고 했다. 대학 생활이 생각처럼 신나지 않는다면서 "예전이 좋았는데."라며 얼버무렸다.
"너무 자유로우니까 엄청 불안한 것도 같고."
진아의 말이 신혜의 심장 어딘가에 쿡 박힌다.

"그런데 그때는 어떻게 그렇게 잘 맞췄던 거야? 아무리 생각해도 신기하단 말이지. 실제로 넌 연애 꼴통이잖아."

신혜는 대답하지 않았다. 사실, 비결이랄 건 없었다. 그냥 그 과정을 즐겼을 뿐인데 어느새 신혜는 오작교가 되어버렸다. 해결의 방법이란 건 어찌 보면 모두의 마음속에 이미 정해져 있는지 모른다. 오작교였던 신혜가 그들의 마음속을 조금 들춰줬을 뿐이겠지. 문득 오작교의 감이 다시 돌아왔으면 싶다. 예민한 감이 필요한 시기다. 《톡톡톡TV》의 미래를 점치고 싶었으니까.

알 수 없는 미래는 사람을 설레게 한다. 신혜는 불안함은 내려놓고 설렘만 즐겨볼 생각이었다. 이제 그 미래에 첫발을 디딜 시간이었다.

물론, 첫발은 과감하게.

구독과 좋아요 그리고 알림 설정 🖤

톡톡톡! 두드리세요. 드디어 그분을 모셨습니다.

아쉽지만 얼굴 공개는 다음에, 오늘은 목소리만 출연해요.

남주는 나비 가면을 쓰고 촬영했다. 고민 끝에 내린 임기응변이었다. 가면을 쓰고도 떨림이 진정되지 않았는지 남주의 손끝이 한동안 바르르 떨렸다. 그래도 판매를 끌어내는 매력적인 '솔' 톤의 음성은 얼굴을 가려도 절대 흔들리지 않았다. 20년 구력이 만들어낸 부드러운 힘이었다.

메이크업에서 가장 중요한 게 뭐라고 생각하세요?

남주가 멘트를 하다 말고 대뜸 신혜를 쳐다봤다. 대답을 신혜가 하길 바라는 모양이었다.

어우러짐?

　신혜는 아무거나 생각나는 대로 말했다. 대본에 없는 내용이었다.

　저는 기본 바탕을 만드는 과정이라고 생각해요.
　사람마다 피부 톤이 다 다르거든요. 노란색도 있고 붉은색도 있고요, 까무잡잡한 톤도 있고.
　자기 피부 톤과 어우러지는 메이크업을 해야 해요.
　실제로 판매 시에, 베이스로 사용할 파운데이션 브랜드를 추천해달라는 질문을 많이 받는데 중요한 건 브랜드가 아니라 제품의 내용이에요. 자기에게 딱 맞는 색상과 질감을 먼저 알아야 한다는 겁니다.

　멋있다. 역시 프로의 아우라. 이제야 남주의 어깨가 제대로 펴진다. 스킨과 아이크림 등의 효용을 알고 순서대로 바르는 정도가 다인 뷰린이는 상상할 수 없는 포스였다.
　"뷰티에 관한 거면 눈감고도 다 말할 수 있다고 자신했는데 말이지, 저 작은 렌즈가 너무 위협적이야."
　"그럼 알지. 아주 잘 알지."

신혜가 유치원생 달래듯 남주의 등을 두드렸다.

"그냥 나비 얼굴로 계속해도 좋고."

진심이었다. 나비 가면은 마법이었으니까.

'기본 바탕을 제대로 만든다'는 표현은 신혜의 머리를 떠나지 않았다. 영상 편집 중에도 '기본 바탕'을 말하는 남주의 입을 여러 번 일시정지했을 정도로 말이다. '기본'이 문제인가, 아니면 '바탕'이 문제인가. 신혜가 품은 의문이 점점 커지고 있었다.

"그래서 네 기본 바탕은 뭔데?"

박진아가 또 느닷없이 정곡을 찌른다. 모호한 세계를 헤맬 때, 진아는 신혜를 제자리로 끌어내리곤 했다.

"자꾸 그 생각이 난다니까."

"그게 뭐가 중요해? 지금 네 기본 바탕이 궁금하단 거 아니야?"

박진아, 역시 똑똑하긴 한 것 같다.

가족 관계가 남다르다는 건 신혜도 아주 어릴 때부터 알고 있었다. 엄마와 딸, 둘로 이루어진 가정은 주변에 없었으니까. 초등학교 고학년이 되면서는 '이혼' 혹은 '한부모 가정'의 개념을 알게 되면서 신혜도 엄마에게 물었다.

"엄마, 우리 아빠는 없어?"

신혜는 그날의 남주가 보였던 모습을 잊지 못한다. 쿨내가 진동하다 못해 AI처럼 건조하던 말투.

"원래 없었어."

남주는 당황하지도 않았다. 마치 과학 지식을 전달하듯 감정 없이 정확하게 몇 마디로 아빠의 존재를 설명했고, 마지막엔 '없다'라는 말로 맺었다. 할머니는 엄마보다 더 쿨한 사람이어서 다시 물어볼 필요도 없고. 그래, 그깟 과거. 이미 지나간 일인데 뭐가 중요하다고.

쿨 모녀 삼대다. 성격도 유전이니까.

신혜는 그래도 자신의 기본바탕이 궁금했다. 러브 스토리가 아니라 인간으로서의 '아빠', 그러니까 존재 그 자체. 유전자나 염색체 같은, 그런 것 말이다. 선천적 유전 형질로 정해지는 부분이 80% 이상이라는 학설도 있던데, 노란 기 감도는 이 피부도 누군가를 닮았다는 건데 말이지. 머릿결과 가느다란 몸 선, 남들보다 좁은 어깨는 엄마 쪽이다. 동그랗고 큰 눈은 아빠 쪽인가. 큰일 앞에서 오히려 대범해지는 장부 기질은 정확하게 엄마가 맞고, 어려운 상황에 몰리면 도망가거나 잠수 타는 찌질함은 왠지 아빠 쪽일 것 같았다. 남주는 벌여놓은 일이 아무리 커져도, 절대 도망가는 타입은 아니었으니 말이다.

"엄마, 아빠는 어떤 사람이었어?"

"그런 거 갑자기 왜 물어? 이런 질문한 적 없잖아. 사춘기도 아니고."

"오늘은 사춘기야. 사춘기 할래. 그냥 생물학적 아버지에 관한 유전 형질만 궁금하니까. 아빠 찾으러 집 나가진 않을 테니 걱정 마."

남주가 잠시 동안 생각에 빠져들었다.

"키는 한 178cm 정도? 얼굴형은 좀 날카로운 편에, 목소리가 좋았지. 조용한 성격이었는데. 그래, 네 피부가 아빠 닮았네."

"그래? 역시 나쁜 건 아빠 쪽이었어."

시큰둥한 신혜를 보며 남주가 픔 웃었다.

"그리고 가수 지망생이었어."

역시 노래방 마니아답다. 남주는 계란을 부치거나 나물에 참기름을 두르면서도 발로 리듬을 타는 사람이 었다. 그 흥이 가수와 만났다니. 참 볼만한 연애였겠다 싶어 괜히 웃음이 났다.

"그래서 남겨진 유산 같은 건 없었어? 뭐, 드라마에 나오는."

역시 어려운 대화의 마무리는 클리셰만 한 게 없다지.

"싱겁기는."

다 깃털처럼 가벼운 얘기였다. 남주의 피부 화장을 따라했다가 폭망했던 이유를, 신혜는 명확히 깨달았다. 전혀 다른 피부 톤이었으니 무작정 따라하면 안 되는 거였다. 역시 기본 바탕이 중요하구나.

추론을 마치고 나니 순식간에 피로감이 온몸에 내려앉았다. 긴장감도 한몫했다. "구독과 좋아요 그리고 알림설정은 기본!"이라는 모두가 다 하는 멘트를 덧붙이니 제법 크리에이터다웠다. 주사위는 던져졌고 이제 반응을 기다리는 일만 남았다. 방송 업로드를 기념하여 SNS에도 《톡톡톡TV》 홍보 포스트를 올렸다. 손가락으로 《톡톡톡TV》라고 칠 때 손가락 마디마다 찌릿한 자극이 느껴졌다. 신혜는 마음이 동하면 누구보다 빠른 속도로 질주하는 사람이었다.

#톡톡톡TV#뷰티유튜브#첫영상
#모녀유튜버#당신의기본바탕은

무거운 눈꺼풀을 느끼며 잠시 눈을 붙이려는데 누군가에게서 톡이 왔다. 박진아였다.

유튜브 축하! 이제 연애만 하면 되겠네

진아의 카톡 메시지에 "연애"라는 두 글자를 보는 순간 떠올랐다. 간밤에 진아에게 최덕준에 관해 브리핑하던 자신의 모습이 말이다. 진아는 이미 신혜의 마음을 간파했는지 살살 약 올릴 준비를 하는 것 같았다.

썸 좀 타다가 연애도 하고, 유튜브도 대박 터지고?

신혜는 진아의 말에 어떻게 반박할까 고민하다가 그냥 참기로 했다. 연애 경험 많으면 그냥 언니로 모시기로 얼마 전에 마음먹었으니. 썸이고 연애도 다 먼 나라 이야기. 달콤한 연애는 언제쯤 하게 될까? 첫 영상을 올리고도 신혜는 괜히 풀이 죽는다. 바로 그때, 덕준에게서 연락이 왔다. 눈을 비비고 다시 살펴봐도 최덕준이 맞았다.

혹시 내 연락 기다렸어?

이게 바로 썸이 연애로 옮겨가는 시그널인가. 신혜는 일렁이는 마음을 꾹 누르며 최대한 무덤덤하게 '아넌데요' 라고 답했다. 이론에 따르면 지금 저 톡은 밀당 1단계. 기다렸냐는 물음으로 상대를 놀라게 하면서도 간을 살짝 보는 고급 기술이다. '아닌데요' 네 글자에 최대한 도도함을 담았지만, 신혜는 이미 그의 페이스에 말려들어간 것 같다. 도도함을 유지하기엔 '아닌데요'를 전송하기까지 시간 텀이 너무 없었다. 꼭 기다렸던 거 같잖아. 분하다. 뼈대 있던 오작교는 이제 오늘부로 영구 폐업한다. 이론은 이론일 뿐, 사람은 마음이 시키는 대로 행동하기 마련이니까.

에이, 그래? 아쉽네. 난 기다렸는데

올, 최덕준 응용 밀당. 휴대폰을 들고 쩔쩔매고 있는 신혜를 마치 지켜보고 있기나 한 듯 덕준은 먼저 흔쾌히 손을 내밀었다.

4시 반, 광화문 씨네큐브

신혜의 가슴이 두근거렸다. 이번에는 확실히 연애에 입문할 수 있을 것 같은 예감이 들었다. 눈꺼풀을 짓누르던 졸음이 거짓말처럼 싹 달아났다. 최고로 멋진 하루를 보내기 위해, 없는 눈꺼풀도 들어올려야 할 판인데 늦장 부릴 시간 따윈 없었다. 같은 모양의 티셔츠를 다섯 번이나 갈아입었다. 그에게 최대한 예쁘게 보이고 싶었다. 화장은 한 듯 안한 듯 가볍게 하고 입술에 포인트를 주려고 이 색 저 색 고민하다가, 결국 늘 바르던 틴트만 바르고 집을 나섰다. '첫 데이트 메이크업_꾸안꾸 스타일' 도 콘텐츠로 제작해야겠는걸. 신혜의 내딛는 발걸음이 경쾌했다.

덕준은 먼저 도착해있었다. 그가 내민 티켓을 보니 영화 제목이 예사롭지 않았다. 래퍼가 꿈이어서 그런지 예술적 감상이 남달라서인지, 무언가 어려운 영화를 고른 느낌이었다. 하지만 정말 재미없었다. 이야기의 흐름을 놓치지 않기 위해 어찌나 신경을 썼는지 눈에 핏대가 설 지경이었다. 절대 졸면 안 돼. 신혜는 최대한 미간에 힘을 주고 영화에 집중했다. 언제 끝나는 거야, 러닝타임이 너무 긴 거 아니야, 라며 속으로 투덜거리는데 주인공이 인적 없는 해변에 앉아 기타를 치기 시작했다. 오, 그래. 이런 건 주로 엔딩 느낌이지. 이제 노래를 부르며 좀 울려나? 기타를 메고 바다에 빠지면서 끝일까? 신혜는 스토리의 엔딩을 기대하며 가까스로 마음을 놓았다. 그런데 이 망할 주인공 놈이 노래를 끝도 없이 부르는 거다. 첫 번째 곡은 세 번째랑 비슷하고, 나머지 곡들은 두 번째 불렀던 곡과 똑같은. 망했다. 신혜는 예술영화 뫼비우스의 띠 안에 갇혀버린 느낌이었다. 이 정도 노잼이면 거의 고문이다. 그때였다. 뒤쪽 어딘가에서 누군가 흐느끼며 우는 소리가 들렸다. 총체적 난국이었다. 문득 지구 위에 홀로 남은 느낌이 들었다. 결국 이 썸은 연애로 이어지진 않겠구나, 신혜는 좌절했다. 완전 폭망. 신혜는 속으로 천 번쯤 울었으려나.

"영화는 어땠어? 재미있었어?"

덕준이 먼저 물었다. 일생일대의 난감한 질문이었다. 덕준이 자꾸 눈치를 보는 걸로 봐서 자신의 반응을 이미 읽었나 싶어 신혜는 조금 미안해졌다.

"음악 영화라고만 듣고 잘못 예매했네. 미안해. 재미없었지?"

덕준도 난감한 표정을 지었다. 그제야 신혜의 얼굴이 풀어졌다. 둘은 조금은 어색하게 걸어서 극장 지하 이탈리안 식당으로 들어갔다. 첫 데이트엔 화덕 피자지. 지글지글 굽기엔 분위기가 떨어지고, 햄버거는 입을 너무 크게 벌려야 해서 탈락, 돌돌 말아 먹는 파스타가 역시 우아하다.

"첫 영상 올렸더라."

덕준이 먼저 입을 뗐다.

"어떻게 알아요?"

신혜는 깜짝 놀랐다.

"관심이 있으니까 알고 있지. 바보냐?"

관심이 있다는 소리에 신혜의 심장이 쿵 내려앉았다. 나? 아님 유튜브? 신혜의 얼굴에 홍조가 올라왔다. 좀 머쓱해진 신혜는 유튜브 얘기를 조잘조잘 쏟아냈다. 영상을 막상 촬영하려니 어색하더라, 엄마가 실수할 줄 몰랐는데 얼음처럼 굳어서 한마디를 못 해 난감했다, 하며 혼자 떠들고 있는데 문득 자신을 뚫어지게 바라보고 있는 덕준의 시선이 느껴졌다.

"좋아해."

덕준의 고백은 담백하고 정갈했다. 한 치의 오차도 없는 완벽한 직진. 바라던 바였다.

"내가 너 좋아해. 그런 것 같아. 우리 사귀자."

확인 사살도 품격 있지. 수줍은 표정으로 고개를 끄덕이는 신혜의 뇌리에 "꿈같은 경험"이라고 하던 진아의 말이 훅 스쳐갔다. 그렇게 스무 살 유신혜의 어설픈 짝사랑이 막을 내리고, 썸탈 시간도 없이 바로 모태솔로를 탈출했다.

감격에 눈물이 차오를 것 같았다. 그가 고백하던 시간을 가위로 오려내서 주머니에 넣고 싶었다. 오래오래 기억하고 싶은 순간이었다. 들숨 가득 설렘과 두근거림이 빨려들어와 가슴을 가득 채웠다가, 날숨엔 안정감이라는 이름의 공기가 되어 세상에 퍼져나갔다.

"그럼 오늘부터 1일."

구닥다리라고 해도 클래식만 한 게 없다. 오늘을 기록하는 데, 1일이라는 말을 능가할 표현이 떠오르지 않았다. 덕준과 헤어져 집으로 돌아오는 길이 신혜에겐 꽃길 같았다. 재채기와 사랑은 숨길 수 없다더니 헤벌쭉 웃으며 걸어가는 신혜의 뒷모습은 무언가에 진탕 취한 듯 좌우로 나부꼈다.

"엄마아!"

밝은 표정으로 현관을 들어서는 신혜의 모습에 남주도 대충 상황을 알겠다는 표정을 지었다.

"남자친구?"

무슨 말을 해도 신혜는 그저 웃기만 한다.

"웃음 가스를 마셨나. 애가 매가리가 없어." 하더니 "좋을 때다." 하며 남주도 같이 웃었다.

"그리고 네가 아까 궁금해하던 그거."

남주의 손에 오래된 종이 한 장이 들려있었다. 스티

커 사진이었다. 고등학생이던 엄마와 아빠. 그토록 궁금해하던 신혜를 만든 기본 바탕이었다.

"헐, 엄마 날라리였어?"

"그냥 패션의 선두주자라고 해줄래?"

"지금이 훨씬 낫다."

"욕을 해라. 아주 그냥."

사진을 들여다보는 남주의 눈빛이 아련해졌다.

"보고 싶어?"

"뭐가?"

"그럼 그렇다고 말해도 되거든. 뭐 어때서!"

신혜는 뭉뚝한 말로 남주를 토닥였다.

"아니야. 그냥 아쉬워서 그러지. 이때론 이제 못 돌아가니까."

등을 돌려 멀어지는 남주가 신혜의 눈에 그날따라 작아 보였다.

사랑은 오묘하다. 그 감정의 크기가 지나치게 커서 다른 감정을 덮어버리거든. 신혜는 침대에 누워 한참 동안 덕준의 인스타그램을 들여다봤다. 처음 대화를 나누던 날부터 혹시 자신을 마음에 둔 건 아니었을까, 하는 기대감에 탐정처럼 곳곳을 살피고 싶어졌다. 그러나 아무리 살펴도 첫눈에 반한 흔적 따위는 없었다. 덕준의 마음은 신혜보다 한발 늦게 시작됐던 모양이었다.

그 사이 덕준은 새 포스트를 올렸다. 영화 티켓 두 장의 사진을 올리고 '시작'이라는 두 글자를 썼다. 화면을 손가락으로 만지며 웃다가, 해시태그를 보는 순간 신혜는 웃음을 참을 수 없었다.

#영화추천한새끼누구냐#잡히면죽음

창문을 오래도록 열어두고 싶은 밤이었다. 설렘과 두려움, 행복과 민망함이 한데 어우러진 이 감정을 어딘가에 잘 넣어두고 싶은 생각이 드는 그런 날. 1분 1초가 소중했다. 말로만 지겹도록 반복했던 연애를 처음 맛본다. 새콤달달짜릿하다. 신혜는 창문을 열고 바깥 공기를 가득 들이마셨다. '구독과 좋아요'는 솔직하고 용감한 표현이다. 좋아한다는 표현만큼 황홀한 게 또 있을까. 침대에 누운 신혜는 잠드는 순간에도 미소 지었다.

ASMR 🤍

《톡톡톡TV》 오픈!

여기 이거 보이시죠? 이마에 왕 뾰루지.

일단 이런 게 생기면 불편하고 아프고 그러잖아요.

스킨케어를 잘못해서 그럴 수도 있다고 하네요.

화장품이나 세안 얘기를 넘어, 식단에 관한 이야기도 준비했
으니까 오늘 제 이야기가 공감이 되신다면 '구독'과 '좋아요'
잊지 말고 꼭 눌러주세요.

　　루틴이 생겼다. 귓가에 울리는 반복적 소리. 신혜는
아침에 눈을 뜨면 휴대폰부터 확인했다. 밤늦도록 긴
통화를 하다가 잠들었지만 그래도 어김없이 그의 안부
가 궁금하다. 신혜는 연애 중이니까. 8시 50분, 덕준이
아침 인사를 카톡으로 전송했다. 수요일이니까 9시부
터 수업이겠구나. 아마 수업 시작 직전에 메시지를 보

낸 모양이었다. 조금 늦은 답장을 보내고, 신혜는 빙긋 미소를 지었다.

딸! 우리 매장 직원 아들도 유튜브 한대.
거긴 먹방. 우린 잘되고 있는 거야?

남주에게서도 톡이 왔다. 생각해보니, 현재 상황에 관한 남주의 첫 번째 질문이었다. 오래 참는다 싶었는데, 꽤나 궁금했던 모양이었다.

아직 노력 중. 성공을 바라기엔 아직 이르다고요

구독자는 쉽게 늘지 않았다. 세상만사 쉬운 일이 있겠냐마는 너무 준비 없이 달려든 건 아닌가, 조금 걱정되던 차였다. 초보 유튜버들의 고민을 공유하는 인터넷 카페에 가입했고, 미디어 기관에서 열린 유튜브 강의도 여러 차례 수강하면서 다각도로 정보를 모으는 중이었다. 어떻게 하면 알고리즘의 선택을 받아 극적인 성장을 이룰 수 있을 것인가, 라는 질문에 유튜브 선배들은 결국 '성실'이라는 진부한 카드를 내밀었다. 디지털 산업을 관통하는 키워드치고 '성실'은 뭔가 좀 아날로그적이다.

덕준의 채널은 며칠 새 구독자 수가 대폭 늘었다. 불과 며칠 동안 나타난 변화라 신혜는 깜짝 놀랐다. 덕준의 유튜브 채널은 신혜에게 늘 참고와 동경의 대상이었다. 채널 《더키오시티》의 가장 큰 매력 포인트는, 콘텐츠 안에 녹아든 덕준의 모습이 무척이나 행복해 보인다는 것이었다. 랩 메이킹을 하는 모습도, 여러 번 반복해서 같은 부분을 녹음하는 것도, 언더에서 뼈가 굵었다는 래퍼 선배를 찾아가는 막무가내 일정 스케치도, 전부 다 재미있었다. 신혜도 딱 저런 콘텐츠를 만들고 싶었다.

"입을 크게 벌리지 않아야 합니다. 하는 듯 안 하는 듯 대충 하는 게 이 랩의 포인트니까요."

입술을 촐싹이며 중얼거리는 영상 속 덕준은 정말 귀여웠다. 채널 밖까지 덕준의 에너지가 넘쳐흐르는 느낌이었다.

"오빠 떡상이네?"

"내 채널 원래 구독자 좀 많았는데."

덕준이 웃으며 말했다.

"물론 오빠랑 구독자 수를 비교하는 건 말도 안 되

지만 지금 이것도 말이 안 돼. 며칠 사이에 이렇게까지 변한다고? 이상한데. 비결 있지? 빨리 알려줘."

덕준은 정말 모르겠다는 표정을 지었는데, 오래지 않아 무언가 떠올랐다는 듯 무릎을 탁 쳤다.

"아! 라방에서 쇼미 접수한 거 얘기해서 그런가? 아! 그거다."

"쇼미를? 접수했다고? 언제 했는데? 나는 그걸 왜 모르는 건데?"

순간 정적이 흘렀다. 서운함에 표정 관리를 못 한 신혜가 수업을 핑계로 황급히 자리를 떴다. 가슴이 꽉 막힌 듯 화가 치밀었지만 일단 상황을 확인하는 게 먼저일 것 같았다. 신혜는 덕준의 인스타그램 안에 저장된 라이브 방송을 재생해봤다.

"안녕하세요? 라이브 방송을 이렇게 느닷없이 시작해보네요. 더키웁니다. 제가 너무 심심해서요. 하하하."

처음엔 한 명도 없는데, 잠시 후 몇 명이 들락날락했다. 허공에 대고 "안녕하세요?"만 어색하게 반복하던 덕준은 뭔가 생각났다는 표정으로 "저 어차피 이런 냉정한 반응을 견디는 연습을 해야 해요." 하며 웃었다.

왜요?

누군가가 물었다.

"멘탈 훈련이 필요합니다."

덕준은 더 큰 소리로 하하 웃었다.

대회라도 가시려나?

"어! 어떻게 아셨어요? 저 쇼미 접수했어요."

쇼미요? 쇼미더머니요?

화면만 봐도 웅성거림이 느껴졌다. 댓글이 주루룩
쏟아지기 시작했다.

헐. 오빠 쇼미 가신다고요? 이제 금방 유명인 각

(언제 봤다고 오빠래)

지옥의 예선에서 살아 돌아와라

(너나 잘살아라)

쇼미 우승하세요, 1호 찐팬 할게요

(꼭 그래라)

영상을 확인하고 나니 신혜의 속이 더 부글부글 끓

어올랐다. 유튜브 알고리즘에 관해 덕준에게 긴 설명을 듣던 날, 그날이었다. 그날 신혜는 덕준과 통화하다가 잠이 들었다.

"이름 없는 유튜버가 하루아침에 천만 구독자를 얻긴 어려운 일이야. 알고리즘의 선택을 받아 메인으로 등극하려면 이왕이면 매일, 적어도 일주일에 3회 정도는 꾸준히 영상을 올려야 해. 성실해야 한다는 거지. 어차피 성실만이 답인 거야. 꼰대 같지만."

문제는 말로는 간단한 그 '성실'이 몹시 어려운 항목이라는 것이었다. 다양한 아이템을 보유하고 있어야 하는 건 기본에 편집에도 더 많은 공을 들여야 하는데, 그게 말처럼 쉬운 일이 아니란 거지. 뭔가 풍성하게, 조금 더 궁금하게. 그래서 뭘 얼마나 더 어떻게 하라는 거야? 덕준의 말을 알아듣기 어려워질수록 점점 신혜의 눈꺼풀은 무거워졌다.

"듣고 있지, 신혜야?"

신혜는 이미 졸고 있었다. 덕준의 음성은 자장가처럼 귓가에 부드럽게 머물렀는데, 따뜻한 이불 속에 누워 귓가에 남자친구의 목소리를 조근조근 듣다 보니 어느새 깊은 잠에 빠져들고 말았다.

"신혜야! 잠든 거야? 자나 보네. 벌써 자네."

생각보다 일찍 끝난 대화에 김이 샌 덕준은 인스타 라이브방송을 켰다. 뭔가 더 말하고 싶은 밤이었던 모양이다.

이미 속이 꼬일 대로 꼬인 신혜는 모든 댓글이 마음에 들지 않았다. 덕준의 온라인 인맥은 평소에 댓글 한번 안 남기는 유령 인간이 대부분이었다. 덕준이 TV 경연 프로그램에 나간다고 하니 뭔가 아는 척을 하고 싶었나 보지? 갑작스레 진심 어린 응원이라니 이건 완벽한 어장 관리다. 혹시 유명한 래퍼가 될 수도 있으니 미리 친한 척을 해두자, 이런 심산인 건가. 신혜는 형체 없는 온라인 군단에 혹여 덕준이 피해를 입거나 상처를 받게 되진 않을까 걱정이 됐다. 물론 처음부터 공개하려고 한 건 아니었을 거다. 신혜도 모르는 일을 그들이 먼저 안다는 건 아무래도 반칙이니까. 신혜의 머릿속 서로 다른 생각들이 시끄럽게 다퉈댔다. 그날 왜 하필 잠들어서 이 사달을 만드나 싶었지만 마음속엔 어느새 굵고 단단한 물음표가 내려앉았다. 모양은 물음표였지만 내용은 서운함이 가득한 새로운 시그널이었다.

우울해진 신혜는 진아에게 전화를 걸었다.

"야! 오작교 명성이 아깝다. 지금 이 상황 실화냐?"

신혜의 이야기를 다 들은 진아가 발끈했다.

"일부러 그렇게 하지는 않았겠지만."

자기도 모르게 덕준을 두둔하는 신혜의 말을 진아가 탁 막아섰다.

"이거 아주 푹 빠지다 못해 훌렁 넘어가셨구먼. 내가 이런 바보를 연애 고수인 줄 알았다니 분하다."

진아의 말을 듣고 있는 건 맞는데 이상하게 머릿속이 멍하기만 했다. 진아의 말이 윙윙대며 조각조각 어디론가 흩어지고 있는 것 같았다.

"네 남친, 너 좋아하는 거 맞긴 맞냐?"

진아가 혀를 찼다. 헛갈리는 마음이 들면 어김없이 그가 애매한 행동을 했기 때문인 거라고 진아가 말했다. 만약 자신이 속 좁은 사람이 된 것처럼 서운하다면 그건 그가 진짜 자신을 서운하게 했기 때문일 거라며, 절대 담아두지 말고 그때그때 말해야 한다고 진아는 목청을 높였다. 구 오작교 유신혜도 예전에 그렇게 말하곤 했다. 불편한 감정은 바로바로 해결하라고, 그래야 건강하게 관계를 지속할 수 있다고 주장하지 않았던가. 연애 박사인 양 까불던 고등학교 시절을 가위로 오려내고 싶은 심경이었다.

"사귄 지 얼마나 됐다고 비밀을 만들어? 유신혜 남

자 보는 눈 어쩔? 여하튼 고민하지 말고 그냥 말해."

전화를 끊고 신혜는 꽤 깊은 고민에 빠져들었다. 그런데 그 단순한 생각이 꼬리에 꼬리를 물고 아주 커다란 문제로까지 접어들다가 난데없이 덕준이 궁금해졌고, 신혜의 머리를 쓰다듬던 크고 두툼한 덕준의 손을 생각하다가 또 배시시 웃음이 새어나왔다. 유신혜 미쳤어. 역시 제정신이 아니야. 연애도 미친 짓이야.

쏘리, 갑자기 그렇게 됐어

너한테 먼저 알렸어야 했는데…… 정말 미안해

때마침 덕준의 톡이다. 그러면 그렇지. 답장을 할까 몇 초간 망설이다가 서운함을 읽씹으로 응수하기로 한 신혜는 덕준의 사과에 답장을 보내지 않기로 했다. 삐치는 것에도 에너지가 많이 쓰이는 것인지 마음이 헛헛하고 덩달아 뱃속도 시끄럽다. 고민은 덮어두고 배달 앱을 열어 불맛 떡볶이를 검색했다. 식탁에 앉아 냉수를 벌컥벌컥 마시고 있는 신혜를 남주도 신기한 듯 바라봤다.

"이상한 댓글이 하나둘 달리던데, 그거 뭐야?"

식탁에 마주 앉아 남주가 눈치를 살폈다.

"뭔가 음흉하던데, 아주 기분이. 그것 때문에 화난 거야?"

남주도 포크를 가져다가 떡볶이를 하나 콕 찍었다.

"지켜보는 중이야. 지금은 어떤 관심도 다 감사한 거래."

"누가?"

"온라인 카페 고수님들이 그러셨어."

신혜의 극존칭에 남주가 픕 하고 웃었다.

"웃지 마. 고인 물은 대단한 거야. 이 세계는 그래."

신혜는 입안 가득 음식을 쑤셔넣었다. 덕준 문제를 고민하느라 잠시 악플 문제를 잊고 있었다. 댓글 깡패들을 떠올리니 신혜의 얼굴에 전의가 차올랐다. 안팎으로 난리가 났네.

관심 있어서 들어왔는데, 영 별로네요 (이웃집 언니)

보면 볼수록 별로니까 볼별인가? ㅋㅋ (유리오0908)

진짜 모녀라고? 허얼. 얼굴 뒤바뀐 듯? ㅋㅋㅋ (구르미777)

이 정도는 괜찮았다. 사실 이런 건 악플도 아니다. 순한맛도 아니라 맹한맛에 가까웠다. 물론 기분은 나빴지만 이 정도는 애교로 받아줄 수 있었다.

뷰티를 제대로 알고 지껄여야지.

얼굴이 기본인 거 모르나? (유리오0908)

크리에이터 너부터 해결해라. ㅋ (구르미777)

하지만 이건 좀 심각했다. 명백한 인신공격이었으니까. 왜, 내 얼굴이 어때서? 콘텐츠를 보랬더니 왜 다 짜고짜 얼굴 드립이야. 신혜는 자기도 모르게 모니터를 노려봤다.

'내 얼굴이 어때서? 니 얼굴은 어떠냐?'라고 적었다가 바로 지웠다. 여전히 분이 풀리지 않아 '넌 다시 오지 마라!'라고 썼다가도 지운다. 이렇게 분노 조절하다가 손가락 실수로 업로드라도 하게 된다면 끝장이다. 신혜는 눈을 감고 심호흡을 했다. 온라인 카페에 고민 상담 글을 올렸더니 무조건 참으라는 댓글이 달렸다.

"그 정도는 세금이라 생각하세요."

"일단 참고 추이를 지켜보세요. 너무 도를 넘는다 싶을 때 대응해도 늦지 않아요. 댓글이 시끄러우면 그만큼 관심도 있다는 거예요. 일단 귀를 막으세요."

확실하지도 않은 성공을 위해 이 정도 세금을 미리 내야 하다니 억울했다. 이런 식으로 성실납세자가 되는 건가. 역시 쉽게 가는 인생은 없다. 다 대가가 따르

기 마련이었다. 덕준에게서 연락이 온 건 늦은 오후가
다 되어서였다.

어디야? 뭐 해? 아직도 화났어?
(화났지 그럼. 그걸 몰라서 묻냐) 집, 자려고 누웠어
나 어디에 있는지 맞춰봐
(관심없거든요) 작업실?
아닌데. 집 앞인데
허얼. 우리 집?

읽씹으로 응수했던 신혜가 퍽 신경 쓰였던 모양인
지 덕준은 프리지어 한 다발을 들고 신혜 앞에 나타났
다. 신혜의 얼굴을 보더니 덕준이 익살스럽게 웃었다.
"내가 의도한 상황이 아니었어. 화내지 말라고."
덕준이 양팔을 쫙 벌리고 서너 걸음 너머에 서 있었
다. 신혜는 못 이기는 척 터덜터덜 걸어가 덕준의 품에
안겨 속삭였다.
"다음엔 그러지 말아야 해. 정말 그러지 말라고."
덕준은 신혜를 꼭 안아주며 머리칼을 쓸어주었다.
절대 풀리지 않을 것 같았던 단단한 분노의 끈이 스르
륵 풀어지며 모든 감정이 리셋됐다.

"나 가사 새로 쓴 거 들려줄까?"

한적한 놀이터에서 덕준이 목을 풀며 노래할 준비를 했다.

"듣고 어떤지 말해줘야 해. 너만 들려주는 거야."

신혜는 그네에 앉아 요란스럽게 박수를 쳤다. '너만'이라는 말이 또렷하게 활자가 되어 뇌리에 박혔다.

> 넌 나를 믿어, 믿도록 내가 잘할게
> 모르는 게 있다면 You, 신에게 물어
> 난 너만 있으면 돼
> You, 넌 나의 신 yeah, 유신혜

가로등을 등지고 서서 리듬을 타는 덕준의 실루엣이 부드럽게 흔들렸다.

"죽음의 예선을 운 좋게 잘 통과한다면, 내가 꼭 이거 무대에서 보여줄게. 기대해."

랩을 마친 덕준이 쑥스러운 듯 고개를 숙였다. 고백이었다. 신혜를 향한 달콤한 고백. 고백의 말은 계속 들어도 질리지 않는 법. 신혜는 온몸에서 배어나는 행복한 기운을 주체할 수 없었다.

오랜만에 달이 말간 얼굴을 내민 밤이었다. 신혜는

헤벌쭉 웃으며 그네에 앉아 오래도록 발을 굴렀다. 덕준의 마음이 느껴져서 좋았고, 그 마음을 잘 담아내는 그의 말이 예뻐서 더 좋았다. 《톡톡톡TV》 영상에 달린 못된 말들에 다친 마음이 사르르 녹아드는 시간이었다. 점점 악담의 수위를 높여가는 유리오0908도, 뭔가 음흉한 분위기를 풍겨대는 구르미777도 무시하고 지나갈 힘이 신혜에게 생겨나고 있었다.

　신혜는 진심으로 덕준을 응원했다.
　그의 마음이 오롯이 전해지는 시간이었다.

누구나 처음엔 🤍

남주는 점점 유튜브에 녹아들었다. 얼굴을 덮었던 나비 가면을 벗고도 몇 차례 성공적으로 영상을 찍었다. 의외로 '나비부인'의 반응이 뜨거웠다. 나비부인은 베테랑답게 대화를 쥐락펴락하며 콘텐츠 전반을 이끌었다. 대본을 넘어서 즉흥적으로 덧붙이는 설명들이 흠잡을 데 없이 수려했고 반응도 좋았다. 역시 작은 도시 안, 더 작은 매장 안에 묶어두기엔 아까운 인재였던 걸까.

"엄마. 그래도 선은 넘지 마. 40대 아줌마 자아도취를 누가 좋아하겠어?"

신혜는 남주의 능수능란함을 '40대 아줌마 자아도취'라고 단칼에 잘라냈다. 피로 묶인 사이일수록 공과 사 구별은 냉철해야 하지. 유신혜가 이렇게 냉철한 리더다.

"40대 아줌마라니. 엄마 절망하게 말이야."

"맞잖아. 40대 아줌마."

"아무도 나 40대로 안보거든. 그리고 너 나한테 잘
해. 구박하지 말고. 내가 안 한다고 하면 어떡할 건데?"

남주가 기가 막힌다는 표정을 지으며 돌아섰다. 뛰
는 신혜의 머리 위로 깃털 같은 남주가 우아하게 훨훨
날아가듯 걸었다.

나비부인 개재있다! (우하학95)

Re : 재미있게 봐주셔서 감사해요

다소 꼴불견. 그래도 중독적이야! ㅋㅋ (유리오0908)

Re : 중독되셨다니 영광입니다!

나비가면 벗으니 예쁜데요! (김치는한국음식이야)

Re : 나비부인님의 최애 음식이 김치입니다!

유튜버가 된 후로 신혜는 몰랐던 세상의 단면을 경
험하고 있었다. 콘텐츠에 달린 댓글이 삶의 다양함을
보여주는 프리즘 같았다. 난데없이 둘이 싸웠냐는 댓
글이 달린 날도 있었다. 클렌징 방법을 리뷰했던 콘텐
츠에는 내용과 무관하게, 신혜가 입었던 옷의 구매 좌

표를 알려달라며 앙탈을 부리는 댓글이 달리기도 했다. 웃을 때 입 좀 가리라는 말에는 얼굴이 붉어질 정도로 화가 끓어올랐지만, 바로 밑에 달린 달달한 칭찬한 방에 모든 걸 잊을 수 있었다. '이것은 일이다'를 되뇌며 선배 유튜버의 조언처럼 무감정 인간처럼 살아가고 있지만, 공격의 정도가 심한 날은 온종일 입맛이 썼다. 무시하는 게 최고의 벌이라는 말에 동감한다 해도 언제까지 잘 참아낼 수 있을진 신혜도 확신할 수 없었다. 게다가 칭찬은 남주에게, 독설은 신혜에게 주로 쏟아지는 상황은 몹시도 외로웠다. 모든 것이 한꺼번에 몰아치는 날이 있다. 그런 날은 멍하게 바람을 맞거나, 살짝살짝 흔들리는 꽃을 하염없이 바라보고 싶었다.

때마침 적막을 깨는 청량한 소리. 카톡!

우리 놀러갈까? 레츠고 땡땡이!

신혜는 입을 틀어막고 소리를 질렀다. 역시 따뜻한 사람, 그 누구보다 신혜에게 진심인 사람, 최덕준. 아무래도 텔레파시가 통했나 보다. 신혜는 벌떡 일어나 옷장부터 활짝 열었다. 깜짝 데이트에 딱 맞는 룩을 완성할 생각이다. '센스 있는 데이트룩'은 신혜가 준비

중인 다음 영상의 아이템이기도 했다. 화이트 톤 맨투맨 티셔츠에 노란색 카디건에 청바지. 그리고 비비드한 컬러감의 양말을 매치할까 한다. 감정에 솔직한 스무 살 유신혜는 웃는 것만으로도 반짝반짝 빛났다.

신혜는 좁은 골목길을 날 듯이 달려갔다. 타닥타닥 운동화 발소리가 리드미컬하게 바람을 탔다. 살짝 구부러진 담쟁이를 살랑살랑 흔드는 바람 조각까지 간직하고 싶은 날. 이미 도착한 덕준을 확인한 신혜는 휴대폰을 들어 그의 모습을 여러 컷 담았다. 할 수만 있다면 간질간질한 이 마음까지 어딘가에 담아서 보관하고 싶은데 말이지.

"기분이 나쁠 때는 단 걸 먹는 게 좋대. 그게 기분을 풀어준대. 인터넷이 친절하게 알려주더라."

덕준이 따뜻한 음료 한 잔을 신혜에게 내밀었다. 마시멜로가 들어간 핫초콜릿 향이 뚜껑 너머로 훅 끼쳤다. 신혜는 고맙다는 인사 대신 눈을 찡긋거리며 한 입 머금었다. 눅진한 달콤함이 진하게 전해왔다.

"우리 오늘 통했어."

입꼬리를 길게 올리며 웃는 신혜를 보는 덕준의 입이 헤벌쭉 벌어졌다. 신혜는 덕준의 손을 자신의 머리 위에 올리고 쓰다듬는 시늉을 했다. 신혜는 유난히 그

손을 참 좋아했다. 어깨를 마주대고 시시한 얘기를 나누며 걸었다. 신혜의 심장은 귀 옆에서 쿵쾅거리다가 어깨로 내려가고, 손바닥에서도 촐싹이며 박자를 맞췄다. 환상의 데이트룩은 설렘 하나면 족했다. 감정은 억지로 디자인할 수 없겠구나. 핫초콜릿을 한 모금 더 입에 담으니 거짓말처럼 신혜는 정말 행복해졌다. 역시 연애는 비논리적이다.

연애에 흠뻑 빠진 딸과는 달리 남주는 연애 따위 꿈꾸지 않았다. 막연한 외로움을 잊을 만큼 요즘은 꽤 즐거웠으니까. 콧노래를 흥얼거리며 일하는 남주를 사장은 신기하게 바라봤다. 밤늦도록 진열 작업을 한 다음 날도 남주는 피곤한 기색 하나 없어 보였다.

"요새 좋은 일 있나 봐요? 너무 신나 보여요. 생기가 도네. 애인 생겼어요?"

"아니에요. 애인은 무슨."

남주가 손사래를 쳤다.

"아니야. 저렇게 말하면서도 또 좋아하잖아. 뭔데? 나도 좀 알려줘요. 다른 데서 돈 많이 준다고 해서 도망가는 건 아니죠?"

"사장님, 그런 거 아니에요. 재밌는 일이 자꾸 생각

나서 그래요."

"웃긴 일이 있어? 그게 뭔데요? 나도 좀 알려줘요."

"그런 게 있어요."

서둘러 자리를 뜨는 남주의 엉덩이가 가벼웠다. 새롭게 얻은 재미? 유튜브 방송이 남주는 요즘 좀 재미있다. 울며 겨자 먹기로 시작했지만 작은 렌즈 앞에서 한껏 잘난 척을 하다 보면, 이제껏 단 한 번도 경험하지 못했던 카타르시스가 느껴졌다.

"조만간 저희 유튜브에서 리뷰도 하려고요. 구독과 좋아요 알죠? 《톡톡톡TV》예요." 단골손님들에게 소곤대며 채널 홍보하는 재미도 쏠쏠했다. 잠자리에 누워서도 유튜브의 마력에 빨려들어갔다. 상상할 수 없었던 불규칙한 바이오리듬의 반복. 그녀의 삶은 완전히 바뀌었다. 처음엔 다른 뷰티 크리에이터들의 영상을 찾아보는 것이 전부였는데, 점점 다양하고도 자극적인 영상의 파도에 몸을 던졌다. 유튜브 영상이라는 게 뚜렷한 기준도 없고 형식도 없는지라 귀여운 아기들 영상부터 19금까지 그 다양함이 태평양보다 넓었다. 즐거움은 선을 넘어 어두운 곳으로 자꾸만 그녀를 유혹했다. 남주가 절제력을 잃고 밤늦도록 영상의 바다에서 허우적대도록.

"너도 알아? P 크리에이터 말이야. 주로 제품 시연만 하는 이유가 있더라고. 제품 협찬을 받나 봐. 그걸 F 크리에이터가 알고 있나 보더라고. 그래도 자기 채널에서 폭로하는 건 좀 매너 없었지. 재밌기로는 A 크리에이터 방송이 재밌어. 우리는 누구 초대할 사람 없지?"

유튜브 관련 자잘한 정보들을 남주가 신혜 앞에 와르르 쏟아놓을 때면 신혜는 깜짝 놀랐다. 벌겋게 충혈된 눈을 볼 땐 그보다 더 놀랐지만.

둘이 나누던 대화 끝에 아이디어가 샘솟기도 했다. 채널 얘기만 하면 남주의 눈가에 빛이 반짝였다. 양말은 제대로 벗어놨냐, 샤워하면 머리카락 좀 치워라, 같은 소모적인 대화에서 벗어나 둘만의 공통의 화제를 갖게 된 건 정말 감동적이었다. 그런데 말이다. 딱 거기까지만 했으면 좋았을걸 남주가 슬쩍 선을 넘는다.

"네가 몰라서 하는 말이지. 사실 뷰티 업계라는 게."

남주가 꼰대가 되면 신혜는 어김없이 눈을 흘겼다. 완전 별로야.

덕준이 있어서 참 다행이라고 신혜는 생각했다. 어깨를 맞대고 골목길을 한참 걷고, 인형 뽑기 가게에 들어가 순식간에 2만 원을 써버리는 소모적인 일조차도 모두 달콤하게 느껴졌으니. 신혜는 진정 연애의 맛에 흠뻑 빠졌다.

"유튜브 말이지. 내가 너무 이상한 사람이 되는 거 같아."

덕준은 어리둥절했다.

"뭐가?"

"엄마가 못할 때는 못해서 싫었는데, 지금은 뭔가 리더가 바뀐 기분이 들어. 엄마가 가진 능력이 필요했는데, 막상 엄마가 너무 잘하니까 내 자리가 없어진 것 같고."

강바람이 훅 끼쳐와 신혜의 얼굴을 스쳤다. 이리저리 흩날리는 머리카락을 덕준이 가만가만 정리해줬다.

"난 여기 딱 이 포인트가 좋더라."

덕준이 한강 얘기로 화제를 돌렸다.

"딴 얘기 말고, 내 얘기 들어줘."

"듣고 있어. 계속 들을 거야."

들어준다는 말이 부드럽고 다정해서였을까, 신혜의 몸속 깊은 곳이 울컥대는 것 같다.

"말하면서 저길 봐. 저기 물 끝."

덕준의 말대로 한강은 어느 방향으로 앉느냐에 따라 모양이 다른 설렘이 있는 기묘한 곳이었다.

"다 그래. 다 좋을 순 없어. 너도 알고 있잖아."

덕준의 말을 듣고 나니, 더 이상의 넋두리는 필요 없어 보였다. 신혜는 말없이 덕준의 어깨에 머리를 기댔다.

"한강에 왔으면 라면을 먹어야지."

신혜는 온종일 굶은 사람처럼 라면에 열중했다. 허겁지겁 면발을 빨아들이는 신혜에게서 덕준은 눈을 떼지 못했다. 무릇 연애의 감정이란, 왜 유독 밤에 더 아련하게 차오르는가. 신혜도 라면을 먹다 말고 중간중간 덕준의 입술에 집중했다. 눈에 물기가 어려서 그런지 덕준이 유독 잘생겨 보였다. 드라마에서 보면 딱 이럴 때 입맞춤을 하던데, 하는 생각이 스치는 순간 또로롱 문자 알림음이 울렸다.

안녕하세요? 지역 방송 땡스TV 문윤정 작가입니다. 출연 섭외 때문에 연락드립니다. 모르는 번호 안 받으실 것 같아서 문자로 먼저 인사드려요. 내일 오전에 연락드리겠습니다.

휴대폰 화면에서 글자가 하나하나 솟아올라 신혜의 머릿속에서 뒤엉켰다. 신혜는 면발을 문 채로 행동을 멈췄다. 덕준이 미세한 변화를 눈치채고 신혜를 바라봤다. 신혜는 씹지 않은 면발을 입안 가득 물고 어리둥절한 표정으로 덕준에게 문자를 보여줬다.

"이열, 유신혜 방송 타나 보네."

덕준이 큰 손으로 신혜의 머리를 쓰다듬었다. 곧 들이닥칠 여름을 알려주듯 습기를 가득 머금은 강바람이 둘 사이에 부드럽게 끼어들었다.

"걱정하지 말고 그냥 해. 힙합 정신으로."

힙합 정신이라는 말에 신혜는 웃고 말았다. 휴식이다. 도약을 위한 잠깐의 휴식. 서로에게 충분한 그늘이 되어주는 시간이 느리게 흐르고 있었다. 걱정은 걱정일 뿐 바뀌는 것은 없다는 걸 신혜도 이미 알고 있다. 누구나 실수할 수 있고 오해도 할 수 있지. 처음엔 다 그래. 누구나 다 그런 거다. 처음이라 괜찮다.

셀러브리티 🤍

"안녕하세요? 연락드렸던 문윤정 작가입니다."

한 면이 통유리로 된 회의실에 선 신혜는 상상조차 해본 적 없는 경이로운 장면에 사방을 연신 두리번거렸다. 모든 것이 비현실적이었다.

"앉으세요. 화면보다 예쁘시네요."

"아, 예. 감사합니다."

작가의 안내에 신혜는 엉거주춤 자리에 앉았다.

"저희 방송 본 적 있으세요? 지역 케이블이라 못 보셨을 수 있어서 먼저 설명을 좀 하자면요. 《땡스TV》는 지역사회에서 의미 있는 활동 하시는 분들 초대해서 이야기 나누는 프로그램이에요. 이번 테마가 1인 방송, 유튜브인데 우연히 알고 꼭 섭외하고 싶었어요."

우연이라니, 이거야말로 행운 중의 빅 행운이다.

《톡톡톡TV》는 모녀가 함께 채널을 꾸미는 게 인상 깊었어요. 본인 방송의 콘셉트와 가장 기억에 남는 콘텐츠? 어떻게 해서 모녀가 함께 뷰티 크리에이터가 되었는지 그런 얘기하면 좋을 것 같아요. 드라마틱한 위기가 있었다면 그것도 좋겠네요."

두 시간 남짓한 사전 미팅이 2분처럼 순식간에 흘렀다. 무슨 얘기를 했는지 기억이 가물가물. 막상 미팅을 마치고 돌아서니 이거 정말 큰일이다 싶다. 건물 밖으로 나오는데 긴장이 풀린 신혜의 다리가 휘청거렸다.

"우리 잘할 수 있겠지?"

"어머어머어머어머."를 대략 다섯 번쯤 외쳤던 남주는 의외로 자신감이 넘쳤다.

"처음엔 뭔지 몰랐거든. 작은 렌즈에 대고 떠드는 것도 어색하고. 너도 기억하잖아."

'물론이야 엄마. 나 엄마 때문에 망하는 줄 알았잖아.'

신혜는 하고 싶은 말을 속으로 꿀꺽 삼켰다.

"그런데 뭔가 점점 힘이 붙는달까? 리듬을 탔다고 해야 하나? 네가 보기에도 솔직히 좀 잘하지, 내가?"

남주가 소리 내서 웃는 모습을 다 보게 된다.

"엄마, 누가 보면 우리 9시 뉴스에 나가는 줄 알겠어."

신혜는 온종일 정신이 멍했다. 어느 방향으로 가고

있는 건지 감을 잃은 느낌. 이렇게 가면 맞는 건가 싶다가, 맞지 제대로지 완전 성공이지 싶다가도, 실제로 대박이 난 건 아닌데, 하며 머릿속이 시끄럽게 뒤엉켰다.

"인터뷰 준비하는 과정이랑 당일 날 촬영하는 것까지 아이템으로 잡아서 영상 한 번 분량 뽑아도 괜찮겠다. 어떻게 생각해, 엄마는?"

"내가 말했었나? 나도 배우가 되고 싶었던 적이 있었어."

벌써 동문서답이라니 큰일이다. 남주의 두 귀는 뻥 뚫린 통로일 뿐 아무 소리도 담지 못하고 있었다.

"지역 방송이라 한정적이니까 다행이야. 어쨌거나 내용 잘 짜서, 떨지 말고 잘해보자. 어쨌거나 좋은 기회잖아. 그치, 엄마."

신혜가 고개를 돌렸을 때, 이미 남주는 옆에 없었다. 언제 갔는지 욕실에서 팩 한 장을 붙이고 에센스를 듬뿍 바른 채로 목부터 얼굴까지 마사지하고 있었다.

"이미 충분히 예쁘십니다. 그리고 딸은 신경 안 써 줄 거야?"

신혜의 말을 들은 남주가 황급히 달려 나와 신혜의 얼굴에도 차가운 팩 한 장을 붙여줬다.

"너야말로 그 자체로 풋풋하고 예쁘잖아. 그리고 고

마워, 딸. 네 덕에 내가 별걸 다 해본다."

남주가 코앞에 다가와 신혜의 얼굴 곳곳을 매만졌다. 신혜의 이마에 남주의 콧바람이 닿았다. 우리 엄마 좀 귀엽네, 뭐 그런 생각을 했을까. 역시 유남주 여사 하면 '열정'이지. 남주의 손끝에 신혜의 얼굴 근육이 부드럽게 풀어졌다.

《땡스TV》 촬영 날은 날씨마저 땡큐였다. 차차 배어드는 긴장감에 신혜의 손바닥이 간질거렸다.

"언제 유튜버가 되어야겠다고 생각했나요?"

"그건요……"

신혜가 아주 잠깐 머뭇거리는 사이 온화한 미소를 짓고 있던 남주가 질문을 훅 낚아챘다.

"어느 날 갑자기 결심했다고 저한테 통보하더라고요. 신혜가 워낙에 추진력이 있는 편이에요. 바로 실행에 옮기겠구나 예상했어요."

남주가 매끄럽게 인터뷰를 끌어갔다.

"아직 시작 단계라고는 하지만, 그래도 혹시 위기가 있었는지 궁금하네요."

이번엔 신혜가 먼저 입을 열었다.

"있었죠. 처음부터 위기의 연속이었어요. 엄마가 워

낙 뷰티 쪽 경력과 지식이 많으셔서 기획 방향을 엄마 위주로 좀 했었는데."

"네. 그런데요?"

"너무 긴장하고 돌처럼 얼어붙어서 한동안 촬영을 못 했거든요."

"아 그랬어요? 지금 저렇게 말씀을 잘하시는데요?"

사회자가 웃자 동석한 다른 사람들도 함께 웃었다.

"물론 지금은 적응 단계를 넘어서 아예 태어나면서부터 유튜브 방송을 하던 사람처럼 엄청 능수능란해요."

"맞습니다. 세상에 말처럼 쉽기만 한 일이 어디 있겠어요. 조그만 카메라를 보며 자연스럽게 말하는 것 힘들죠. 이해합니다."

그즈음 되서야 신혜도 긴장이 좀 풀어졌다.

마이크가 다른 이에게로 넘어갔다.

"이번에는 《오로지춤》 채널의 민성은씨랑 이야기 나눠 볼게요."

예쁜 미소다. 당차기도 하네. 성은을 보며 신혜는 생각했다. 호감 가는 표정으로 당당하게 말하는 건 따로 훈련받은 걸까. 신혜의 시선이 자꾸 성은 쪽으로 흘러 갔다.

"저는 주로 아이돌 댄스 커버 영상을 올리는데, 얼마 전에 어르신들 맨손 체조를 댄스 버전으로 올린 게 반응이 좋았어요. 챌린지까진 아니지만 그 비슷하게 인기가 있었어요."

영상 자료가 첨부됐다. 화면 속 춤추는 성은은 눈앞의 모습보다 오백 배는 멋있었다.

"유신혜씨가 특히 감동한 것 같은데, 맞나요?"

갑자기 지목되어 당황한 신혜가 얼굴을 붉혔다.

"네, 너무 멋져요. 팬 하겠습니다."

까르르 웃는 성은의 긴 머리가 좌우로 나풀거렸다. 성은을 보며 신혜는 자신의 열여덟을 반추해봤다. 교복 차림으로 세상을 향해 불만을 토로하던 열여덟 신혜의 얼굴이 겹쳐 지나갔다. 어린 나이에 자기 인생에서 버릴 것과 택할 것을 제대로 정리했다니 존경심이 들었다.

"민성은씨, 어르신 댄스가 꽤 인기가 많던데, 혹시 여기서 한번 볼 수 있을까요?"

민성은은 모든 행동에 거침이 없었다. 연습생 시절 갈고닦은 실력과 그간 투자한 시간이 아까워 담아내기 시작한 게 하나의 채널로 발전됐다며 수줍게 웃었다. 까무잡잡한 피부에 가로로 긴 눈매가 인상적이었다. 활짝 웃으면 반원으로 구부러지는 긴 눈이 몹시 매력적이었다. 어르신 댄스라고 부르는 춤은 간단하면서도 귀여웠다. 청소년 체조의 슬로 버전이랄까. 중간중간에 "헙!" "예압" 하는 기합을 넣을 때면 모두가 웃음을 참지 못하고 고개를 숙였다.

"따라하기 쉬워 보이는데 우리도 한번 따라해 볼까요?"

어깨를 들썩거리던 MC의 시선이 불행하게도 신혜 쪽으로 꽂혔다. 신혜는 최대한 웃음으로 무마하고 이 상황을 넘기려는데, 누군가가 후다닥 앞으로 뛰어나갔다. 남주였다. 아, 어머니! 제발요. 남주의 또각또각 구두 소리를 듣는 순간 신혜는 두 눈을 질끈 감았다.

"정말 잘하시는데요?"

이리저리 흔들어대는 남주를 보며 MC가 손뼉을 치며 웃어댔다. 신혜는 가느다랗게 실눈을 떴다. 눈 뜨고 보는 순간 나무늘보가 되어버릴 것 같았다. 발바닥까지 부끄러웠다. 한 치의 망설임도 없이 카메라 앞에 서서 푸다닥거리는 저 여인은, 내가 알던 그 여인이 아닐 거야. 신혜는 현실을 부정하고 싶었다. 그런데 놀라운 건, 이 상황을 진심으로 즐기는 생경한 엄마의 모습이었다. 이십 평생 처음 보는, 엄마의 아이 같은 웃음에 신혜는 머릿속이 멍해졌다. 순간이동이 가능하다면 최대한 이곳에서 멀리 사라지고 싶었다. 남주의 흥이 오르면 오를수록 신혜의 고개는 자꾸 아래로 떨어졌다.

"유남주씨 대단하시네요. 《톡톡톡TV》는 정말 잘될 것 같아요."

MC의 립 서비스에 남주의 어깨가 더 빳빳하게 펴졌다. 마지막 칭찬은 하지 말지 그랬어. 이건 정말 재앙에 가까웠다.

마지막 팀의 콘텐츠는 요리였다. 역시 평범한 요리는 아니었다. 크리에이터는 여든을 넘긴 할머니였다.

"어떤 계기로 유튜버가 되신 거예요?"

MC가 물었다.

"우리 손녀가 내가 요리법 말하는 게 재밌다고 한번 찍어 보자고. 그래가지고."

줄줄 이어지는 할머니 유튜버의 말은, 그 누구도 쉽게 끼어들기 어려운 고난도의 대화였다.

"MC 양반. 나물 좋아해요? 요즘에 나물을 무쳐가지고 먹으면 좋은데."

할머니의 말은 끊어질 듯 끊어지지 않고 이어졌다. MC도 대답하기가 영 애매했는지 자꾸 영상 자료를 보여줬다.

"깨는 무조건 많이 뿌려야 꼬숩지. 참기름은 이만큼, 어때? 잘 보이지? 이 정도 뿌려가지고, 조물조물하다가 파랑 섞어서 버물버물하고 그릇에 담을 땐 이르케, 이르케."

손녀가 넣은 센스 넘치는 자막이 《맛난할머니》의 한 끗이었다. 계량도 없고 요리법도 따로 없는 요리지만 꼭 따라 해보고 싶은 마음이 드는 이유를 신혜도 알 수 없었다. 기름을 두르고 전 부치는 소리, 조물조물 나물을 무칠 때 들리는 소리. 모두가 알고 있는 소리들이 진정성 있는 ASMR이 되었다. 시골에 계신 할머니가 생각난다는 댓글, 반찬 판매는 안 하시냐는 댓글, 할머니 점점 예뻐지시는 것 같다는 댓글들을 보니 마음이 따끈해졌다.

《땡스TV》 인터뷰는 가감 없는 유튜브, 그 자체였다. 유튜브에 담긴 세상은 분명 실재의 삶에서 비롯된 것이 맞지만, 동시에 비현실적이기도 했으니까. 즐거운 춤을 추던 민성은 녹화 방송이 끝나고 구석에 앉아 가쁜 숨을 몰아쉬며 알약 한 알을 삼켰다.

"공황장애가 조금. 그래도 엄청 좋아졌어요."

신혜의 걱정어린 표정을 봤는지 파리한 얼굴로 빙

긋 웃는 민성은의 눈에 물기가 어렸다.

"언니. 저랑 불소하실래요? 반신도 가능하면 좋은
데. 그건 좀 그렇겠죠?"

반달 눈의 성은이 먼저 다가와 아이디와 전화번호
를 알려줬다. 성격도 좋네. 신혜도 웃으며 채널 정보와
카톡 아이디를 교환했다.

"다 먹고 살겠다구 하는 거겠지. 이걸루두 내가 돈
을 벌 수도 있다고 그래가주구. 웃기지 말라구 했지만
또 막상 내가 이런 델 다 오구. 그럼 그게 맞는 건가도
모르겠구."

며느리인지 딸인지 모를 중년 여성과 함께 방송국
을 나서는 할머니의 어깨는 잔뜩 굽어있었다. 굽은 어
깨가 슬퍼보이지 않으려면 어떤 자막이 필요할까. 문
득 적절한 자막을 떠올리다가, 신혜는 그저 입맛을 다
셨다.

준비하는 과정과 녹화 당일 우왕좌왕하는 모녀의
모습을 편집하면서 신혜는 연거푸 웃음을 쏟아냈다.
한껏 들뜬 남주의 모습과, 아무렇지 않은 척 연기하는
자신의 모습이 우스꽝스러웠다. 자막에 기교를 한 스
푼 투하. 여과 없는 현실을 담은 모녀의 일상을, 비현
실의 영역으로 끌어올리기 위해 꼭 필요한 마법 터치

였다.

It's Show time! 최강 동안 얼굴에 그렇지 못한 댄스!
아, 어머니 제바알.

생각이 많은 밤이었지만, 생각보다 일찍 곯아떨어졌다. 얕은 잠으로 길게 늘어진 밤이었다. 실버 버튼을 받는 꿈도 있었다. 황송한 표정으로 남주와 함께 실버 버튼을 개봉하는 순간 무언가 둔탁한 물건으로 뒤통수를 얻어맞았고, 정신을 차리니 남주가 눈앞에서 골반을 사정없이 돌리며 춤을 추고 있었다. 이럴 줄 알았지. 그 춤은 다시 생각해도 너무 무서웠단 말이지. 그래도 그 춤이 꽤 효자 노릇을 했다. 남주가 춤추는 장면을 썸네일로 제작한 건 신의 한 수였다. 망설였지만 하길 잘했어. '좋아요'가 폭주했고 덩달아 악성 댓글도 함께 늘었다. 하지만 악플이 없는 셀럽은 없으므로 신혜는 이 역시 의연하게 견뎌볼까 마음을 먹어 본다. 아무렴, 그래야지.

정말 못 봐주겠네. 아무나 유튜브 하나 봄 (구르미777)
스폰 받나 보네. 어떻게 방송을 탔다는 거야?!

이게 말이 됨? (유리오0908)

그래도 말씀 함부로 하면 안 되죠 (오픈더윈도)

넌 또 누군데 편을 드냐? 같이 스폰 받냐? (유리오0908)

예의를 지키세요. 너라뇨! (오픈더윈도)

악담하시는 분들 집에 가세요. 토키 응원합니다 (후다닥95)

　악플에도 진정성을 담은 그대들을 존경합니다. 사람들이 정말 보고 싶어하는 장면은 과연 무엇일까를 고민하게 되는 밤이었다. 배워도 연구해도 알 수 없는 세상은 여전히 어렵다. 신혜는 허리를 쭉 펴면서, 구부러졌을 마음도 빳빳하게 펴지길 기대했다. 역시 셀럽의 삶이란 이토록 고독하구나.

버퍼링 중입니다 🤍

《톡톡톡TV》모녀의 케이블 방송 진출기 다들 보셨죠?

여러분의 뜨거운 반응에 난 정말 기절 각!

오늘은 그날의 스타일링 리뷰를 해볼까 해요.

"구독"과 "좋아요"는 필수! 알림 설정은 서비스.

"너 지금 먹는 거 시금치인 거 알고 있지?"

지나가던 남주가 이상한 듯 재차 신혜의 얼굴을 들여다봤다.

"응? 뭐라고?"

"아니, 무슨 나물을 고무 씹듯 하고 있냐고. 왜, 무슨 일 있어?"

"그랬나? 생각할 게 좀 있어서."

"맛있게 잘 먹어야 영양분이 되는 거다. 뭐든 너무

끌어안고 있지 말고 털어내. 스트레스받지 말고, 응?"

"응? 어."

뭘 알고 저러는 거야. 남주는 가끔 서늘할 정도로 촉이 좋다. 신혜의 복잡함이 얼굴에 그대로 드러났는지 옆을 지나가던 남주가 걱정스러운 얼굴로 멈춰 섰다. 너무 끌어안고 있지 말고 털어내라니 역시 유남주 여사, 귀신같단 말이지.

신혜의 머릿속에선 얄미운 악플들과의 전쟁 시뮬레이션이 한창이었다. 예쁜 글자도 못된 조합으로 모이니 악독하기 짝이 없네. 유신혜의 이름으로 너희를 벌하리라. 생각만으로도 신혜의 눈이 표독스럽게 쭉 찢어진다. 망할 놈의 악플러들. 이미 너무나도 많은 사람들이 고통받고 있다.

"악플을 무덤덤하게 넘길 수 있다면 당신은 천사입니다."라는 글 밑에 "천사라니, 이미 하늘의 별이 되신 건가요?"라는 댓글을 보고, 신혜는 허탈하게 웃었다. 일단 무조건 참으라는 말이고, 천사가 되어야만 가능할 정도로 고되고 험난한 길이라는 말이기도 했다. 유튜브를 시작하지 않았다면 겪지 않아도 될 고통이었다. 다시 말해, 유튜브 방송을 이어가기 위해 어떻게든 해결해야 할 문제이기도 했다.

안녕하세요. 서울지방변호사회 온라인 상담 변호사 김윤미입니다. 상대방이 불특정 다수가 인식할 수 있는 인터넷 공간에서 질문자 분을 특정하여 질문자 분에 대한 사회적 가치 평가를 저해하는 명예훼손 행위를 하였다면 명예훼손죄로 의율할 수 있습니다. 케이스 별로 다르지만, 모욕죄나 사이버명예훼손죄에 해당하는 경우도 있으니 추가적 상담이 필요하실 경우 연락 바랍니다. 법적 효력이 있을 만한 자료는 모아두시는 것이 좋습니다.

밤엔 전투력이 빠르고 강하게 끓어올랐다. 지난밤 신혜는 격하게 화가 나 변호사에게 온라인 상담 글을 남기고 잠들었다. 얼음을 가득 넣은 커피를 마시면서 글자 하나하나를 정확하게 읽는다. 닭이 모이를 쪼듯 콱콱. 어떤 정보도 놓치지 않겠어. 아침부터 신혜의 공격력이 화르르 끓어올랐다. 직박구리 폴더 안에 악플 관련 온갖 증거 자료를 모아두었다. 신혜는 적절한 방법과 시기를 고민 중이었다. 시금치를 잘근잘근 씹어 먹고 물을 한 잔 마시니, 목을 타고 위장으로 천천히 스미는 냉기가 오롯이 느껴졌다. 신혜는 진저리치듯 몸을 떨었다. 부숴버릴 거야, 신혜는 주먹을 꽉 쥐었다.

마음이 흔들리는 위기가 오면 문득 그가 그리워졌

다. 전쟁에 나가는 듯 담대하면서도 패기 넘치는 표정으로 음악을 연기하는 덕준의 얼굴이, 그의 동굴 보이스가 몹시 그리웠다. 둥둥 심장을 울리는 사운드가 나오면 신혜의 귓가에 덕준의 목소리가 들리는 것 같았다. 언젠가 악플러를 처단할 날이 오면, 신혜는 딱 그 표정을 지을 생각이다. 덕준의 결기 넘치는 그 표정.

"다 발라버리겠어."

덕준처럼 말해보니 마음이 시원해졌다. 역시 힙합. 이게 바로 예술로 승화한다는 건가.

적막 속에 피어나는 리듬의 몸짓
나는 항상 너의 말을 기다려, 너만을

신혜가 좋아했던 완벽한 벌스Verse. 허스키한 목소리에 적절히 버무려진 냉소와 힘, 그리고 절제된 숨소리가 제대로 맛을 내는 훌륭한 도입부였다.

"훌륭한 가수는 숨 쉴 곳을 제대로 알아야 한다고 하죠. 래퍼도 마찬가지예요. 우리는 랩으로 노래하는 거니까."

《쇼미더머니》예선 심사위원인 래퍼 바람은 덕준의 '숨'을 극찬했다. 그거 하나면 기본이 된 거라고도 말해서 덕준을 설레게 했다.

"긴장을 이겨내고, 하고 싶은 말을 다 뱉어냈다면 당신은 이미 래퍼입니다."

MC 바람의 혀 짧은 소리에 덕준은 흥분했다.

"그냥 멋있으면 되지. 지금 되게 멋있었거든."

또 다른 심사위원은 엄지 척을 하며 그렇게 말했다. 좋아하는 데 이유가 있다면, 그건 진짜 마음이 아니라고 하던데. 채 다듬어지지 않은 신인 래퍼의 음악은 신혜의 눈에만 멋있었던 건 아니었나 보았다.

덕준, 신혜의 첫 남자친구.

요즘 덕준과 신혜의 연애는 언택트로 진행 중이다. 워낙 유행에 민감해서 연애도 착실하게 거리 두기 중인가? 아니, 둘은 지금 멀어지는 중인 것도 같다. 바빠서 아침저녁으로 안부 확인만 하다 보니 어느 날은 덜 궁금하기도 했고, 그러다보면 그냥 지나가는 날도 생겼다. 그렇게 헤어지고 있는 것도 같다. 예선 심사 때 바들바들 떨려서 하마터면 입을 열기도 전에 바지에 오줌을 줄줄 쌀 뻔했다는 스토리를 마지막으로 신혜는 덕준의 육성을 듣지 못했다. 만나는 사람들이 새로 생겼을 수 있겠지, 꽉 채운 하루가 지나가면 그다음 날 막상 연락하기가 좀 어색하기도 했을 거야. 할 이야기가 줄어서 우리는 멀어지나? 그래서 안녕, 파이팅 같은 애매한 감정만 남아있는 것도 모두 신혜 탓인 것만 같아 마음이 아팠다.

"오빤 리듬감이 좋잖아. 리듬에 몸을 싣는 거라며?"

"그 박자를 탄다는 게…… 아니다."

언제부턴가 덕준은 자기 음악에 관해 자세히 설명해주지 않았다. 비트의 종류를 다정하게 설명해주던 덕준은 사라졌다. 연락이 뜸하고 자주 귀찮은 듯 말을 참는 덕준을 생각하면 신혜는 불행의 늪 속으로 끝없이 침잠했다.

"네가 워낙 실전에는 젬병이라 그래. 거봐, 연애는 몸으로 배워야 한다니까."

진아가 말했다. 위기를 기회로 전환하기엔 신혜의 연애구력이 워낙 짧기도 짧았다.

"딴 여자야. 확실해. 내 촉은 분명해."

진아가 어깨에 힘을 주고 다리를 꼰 채로 말했다.

"아니야, 그건. 그럴 틈이 있었냐? 그냥 바쁜 거겠지. 나도 바쁘고."

"얘가 역시 한참 멀었네. 좋아하는데 뭘 따지겠냐."

"만약에 정말 이유가 있는 거라면, 그걸 알아야 고치는 거 아니야? 그래야 실수를 반복하지 않고 더 괜찮은 연애를 할 수 있는 거 아니겠어?"

"그런 연애는 책에나 있지. 너 지금 장난하냐."

넌덜머리가 난다는 듯 진아가 고개를 흔들었다.

남주는 아침부터 똥 마려운 강아지처럼 신혜 곁을 맴돌며 말할 기회를 엿보고 있었다.

"그 땡스인지 탕스인지 그거."

"《땡스TV》, 왜? 누가 봤대?"

"봤겠지? 그러니까 그러겠지?"

"엄마, 정말 심각한 이야기여야 들을 거야. 나 다른 거 생각할 여유가 없다고."

아직은 애교 수준의 악플 개수라고 치지만 이게 어떤 폭탄이 되어 신혜를 공격할지 모르고, 남자친구와는 길고 어두운 터널을 지나고 있다. 그 두 가지만으로도 충분히 지옥이라 다른 여유는 부리기 어려웠다.

"아니, 오늘 낮에 매장에서도 그렇고 잠깐 마트 들렀을 때도 그렇고. 사람들이 날 흘끔거리던데. 수군대는 것도 같고 말이야."

"그게 무슨 소리야? 뭘?"

남주의 난데없는 말에 신혜의 눈이 더 동그래졌다. 남주가 목소리를 한껏 내리깔며 허리를 숙였다.

"날 알아보는 것 같다고."

남주의 눈이 동의를 구한다. 네 생각은 어때? 라고 다급하게 묻고 있다.

"엄마, 좀 알아듣게 말해주면 안 될까?"

신혜도 진심이다. 정말로 못 알아듣겠어서 그러는 거다.

"사람들이 날 알아보기 시작했다고. 내가 유, 명, 해, 졌다고."

집 안에서, 그것도 신혜의 방인데 들으면 누가 듣는 다고 남주는 잔뜩 정색을 하고는 속삭였다.

"지금 무슨 얘길 하는 거야?"

"유명 몰라? 유명인."

"알지. 그런데 왜?"

"야!"

남주는 소리를 버럭 지르고는 자기 소리에 도리어 놀랐는지 한 걸음 뒤로 물러섰다.

"나 진지하게 말하는데."

"엄마, 나도 진지해. 그러니까 제대로 생각하고 얘기하자. 지역 케이블 한 번 출연했다고 다 셀럽이 되겠어?"

"아닌데. 진짜 뭔가 달랐는데. 내가 느끼는데."

"달라졌다 치자. 그래서 뭐 문제 되는 거 있어?"

신혜의 말에 남주도 잠시 골똘히 생각에 잠겼다.

"아무래도 엄마 증상이 심각하니까 가자, 병원."

"야!"

남주는 신혜의 팔을 뿌리치고는 방으로 쏙 들어갔다. 진심으로 화를 낸다는 건, 자신이 며칠 만에 유명한 스타가 됐다고 철석같이 믿고 있다는 말이기도 했다. 《톡톡톡TV》가 의외로 선전해서 큰돈과 명예를 얻게 되면 엄마는 정말 심각한 병을 얻을 수도 있을 것 같았다. 소위 연예인 병. 스스로 바닥을 보기 전에는 약도 없고 기한도 없다는 그 심각한 병 말이다. 신혜 마음이 소금밭인 건 알지도 못하면서 어쩜 저렇게 좋을까 싶고, 얄미워 죽겠다. 그렇게나 부아가 치밀던 그 순간 눈치 없는 전화 한 통이 걸려 왔다.

"안녕하세요? 지난번에 녹화했던 《땡스TV》 작가입니다. 지난 회차 반응이 워낙 좋아서요. 한 번 더 모시고 싶어서 전화 드렸어요."

"네?"

문윤정 작가다.

"아, 그런데 신혜씨 말고 어머님만요."

휴대폰을 든 채로 신혜는 멍하니 창문을 바라보았다. 이건 명백한 패배다. 엄마는 연예인으로 살게 되는 걸까? 그럼 난 연예인의 딸이 되는 건가? 아니면 엄마가 연예인 병을 지병으로 인정하며 평생을 보내야 하는 걸까? 신혜의 머릿속이 뒤죽박죽됐다.

사실은 GG를 외쳤어야 하는 타이밍이 맞았다. 타인의 공격으로 무력해지는 것보다는 스스로 GG를 외치는 게 백번 멋있으니 말이다. 지금이라도 해야 하나. 그런데 두뇌 회로가 버퍼링 중이라 아무 말도 할 수 없었다.

나의 이름은 🤍

유신혜로 사는 시간보다 토키로 사는 시간이 길어졌다. 밥을 먹다가도 아이템을 떠올렸고, 거리를 걷는 사람 모습을 몰래 관찰하는 건 일종의 습관이 되어버렸다. 의외로 핫 아이템은 주변에 있는 경우가 많았다. 멍하게 앉아있다가 소재가 떠오르면 그야말로 횡재한 기분. 신혜의 온 감각은 신규 콘텐츠를 향해 활짝 열려있었다.

유튜버로 사는 삶은 즐거웠다. 반응이 즉각적이어서 지루할 틈이 없었다. 다만 느닷없이 마음에 상처를 입을 수 있다는 게 큰 단점. 그 외에는 좋은 점이 많았다. 만들어낸 영상 안에는 신혜 자신이 녹아있었고 지난날의 기록이기도 했다. 어제 울었다 해도 오늘의 영상에선 웃다 보니 점차 경계가 모호해지는 것 같기도 했다. 녹음된 목소리는 계속 들어도 어색하고, 습관적으로 왼쪽으로 기울어지는 고갯짓은 확인할 때마다 거슬렸다. 그래도 좋았다. 조금씩 인지도가 생기면서 질투의 시선이 많아지고 어이없는 오해에 휩싸이기도 했지만 그냥 그 자체로도 충분히 좋았다. 상상했던 것보다 다이내믹하고 재미있었다.

남주의 촬영 날에 신규 콘텐츠 제작을 위해 신혜도 동행했다.

"같이 오셨네요?"

문윤정 작가가 인사했다. 다시 만나니 반가웠다.

"전화로 미팅한 내용을 바탕으로 이렇게 해주시면 되겠네요."

작가가 남주에게 종이 대본을 건넸다. 그때 옆에서 누군가 인사를 했다. 민성은이다. 예쁜 춤을 추던 아이.

"어머. 안녕하세요? 여긴 무슨 일로 왔어요? 반갑다."

"어르신 체조를 짧게 만들어서 찍기로 했어요."

대답은 문 작가가 했다. 성은은 밝고 생기가 넘쳤다. 사실 지난 방송에서는 자기 분량 챙기느라 다른 사람을 둘러볼 여력이 없어서 몰랐는데, 웃는 모습이 신혜 기억 속 모습보다 훨씬 예뻤다.

"언니, 안녕하셨어요? 다시 보니 엄청 반갑네."

"잘 지냈어요? 반가워요."

"전 구독자가 많이 늘었어요. 언니는요?"

"뭐. 저도 아니, 나도."

"저 다시 기획사도 들어가게 될 것 같아요."

누가 물어봤냐. 두 손을 모으고 통통거리며 이야기하는 성은을 보니, 신혜가 갑자기 나이 많은 어르신이 된 것만 같다.

"민성은씨! 지금 들어갈게요."

"네!"

성은의 대답은 천장이라도 뚫을 기세다. 이유는 모르겠지만 신혜는 괜히 주눅이 든다. 거울을 보며 스타일을 점검하는 성은에게서 신혜는 눈을 뗄 수가 없었다. 쟤가 저렇게 예뻤다고? 발랄한 에너지가 팡팡 터져 나올 것만 같았다.

적막 속에 피어나는 리듬의 몸짓

준비를 마친 성은이 중얼거리며 대기실 문을 닫고 나갔다. 순간 신혜는 귀를 의심했다. 뭐라고 하는 거지? 익숙한 문장에 모든 감각이 꽂혀 움직이지 않았다.

"왜 그래?"

남주가 신혜에게 다가왔다.

"응?"

무언가가 고장난 게 분명하다. 신혜의 몸이 조각조각 분리된 듯 제멋대로 움직이는 느낌이다.

"그냥 나 잠시 좀 앉아 있을게. 머리가 아파서."

다리에 힘이 쭉 빠진 신혜는 몇 걸음 걸어가 소파에 푹 쓰러졌다. 분명 신혜가 알고 있는 바로 그 문장이었다. 덕준이 쓴 랩 가사. 신혜가 좋아하던 그 벌스가 분명했다. 덕준은 잠자는 시간을 제외하고 남은 시간을 모두 랩 메이킹에 투자한다고 했다. 본선 진출이 결정되고 나니, 수시로 긴장감에 목구멍이 바짝 말라온다던 그의 말을 신혜는 또렷이 기억한다. 가사를 쓰고, 볼펜을 입에 물고 정확한 발음을 연습했을 그를 그려봤다. 복식호흡으로 성량을 키우며 연습하느라, 듣는 맛이 살아있는 플로우flow를 만드느라 연락을 자주 할 수 없을 거라는 생각으로 신혜는 그를 줄곧 배려했다. 덕준에게 주어진 기회는 단 한 번. 낭비할 시간이 없을 테니까. 안부를 물을 때면 항상 돌아오던 대답.

"감정의 흐름이 깨질 수 있어서 연락은 나중에 할게."

신혜는 그를 믿었을 뿐이다. 시간을 거슬러 기억을 더듬어봤다. 《땡스TV》 촬영분을 편집해서 《톡톡톡TV》

에 업로드 하기 전, 덕준은 그 영상을 제일 먼저 봤다. 재밌다며, 조회 수가 잘 나올 만하다며 그가 활짝 웃었다. 그리고 심상치 않았던 덕준의 말.

"얘가 여기 나오네?"

"누구 말하는 거야?"

신혜가 물었고, 덕준은 그저 빙글빙글 웃기만 해서 그냥 잘못 들었나 했다. 맞다, 덕준이 그때 그랬다. 뭐에 홀린 듯 덕준의 SNS 프로필을 확인했다.

사라졌던 영감이 다시 돌아왔네

여전히 너는 그곳에

설마 문장 속 '너'가 다른 사람일 거라곤 생각하지 못했다. 녹음실 사진을 덩그러니 올려놓은 게시물 아래 댓글 하나가 눈에 들어왔다.

난 당신의 뮤즈인가요?

@dance_min, 성은의 아이디다. 이렇게 끝날 줄은 정말 몰랐는데. 아무리 그래도 이렇게 뒤통수로 끝나는 건 너무 속상하잖아. 시작해보지도 못하고 마음 한

구석이 숭덩 잘려나간 느낌이었다.

"내 남자친구가 언니 안대요. 학교 후배라고 하던데. 우리 오빠는 학교에서도 그렇게 멋져요?"

촬영을 마치고 온 성은은 마냥 밝았다. 학교 후배란다. 그 말은 절반은 맞고, 또 절반은 틀렸다. 내가 놓친건 무엇이었을까? 어디서부터 틈이 벌어진 걸까? 성은의 입에서 나오는 '우리 오빠'라는 말은 찰떡같이 잘 어울렸다. 신혜는 자꾸만 목이 탔다.

《쇼미더머니》 본선 첫 회가 방영됐다. 초반에 등장한 덕준은 자신의 어린 시절 기억을 소환한 자작 랩을 선보였다.

나 또다시 악몽을 꿔
노력해도 되살아나는 아픈 기억 속의 나
모두가 나만 바라봤어, 말이 말처럼 나오지 않았어
사는 게 말처럼 쉽지 않았지
숨죽여 울던 아이, 그래도 시간은 똑같이 흘렀어

덕준은 말문이 늦게 트이고 성격도 소심해서, 하고싶은 말을 많이 참던 아이라 했다. 우연히 접한 힙합의

비트가 그의 심장을 울렸다 했다. 피부를 두드리던 음률이 피막을 뚫고 몸 안으로 들어왔고, 온몸 가득 즐거움이 차오르면서, 하고 싶었던 말이 목까지 차올랐다며 무대에 서게 된 것만으로도 감사하고 행복하다며 눈시울을 붉혔다.

　괜찮아, 아가. 용기 내서 다음 말을 해

　그 문장을 마지막으로 덕준은 제 감정에 취해 다음 가사를 잊었다. 가사를 잊고 흐름을 놓치는 건 명백한 탈락 사유였다.

　"진정성과 신파는 달라요. 힘들었다는 투정이 아닌 정확한 메시지가 있어야 좋아요. 본인 감정도 컨트롤 못 하니까 플로우flow가 안 나오고 도리어 목이 막히는 거예요."

　심사위원들은 냉정한 평가를 내렸고, 덕준은 그 무대를 마지막으로 탈락했다. 하지만 "말더듬이 아들 옆을 항상 지켜주던 당신"을 말하며 덕준이 먹먹한 눈빛으로 허공을 바라보던 짧은 순간은 레전드 짤로 남아 각종 SNS를 유유히 돌아다녔고, 방송을 시청한 많은 사람이 오히려 덕준을 응원했다. 그렇게 갑자기 덕준은 벼락스타가 되었다.

"제가 죽일 놈입니다. 스타를 몰라보고."

심사위원으로 출연했던 몇몇이 예능 프로그램에 나와서 덕준과 자신들 사이에 벌어진 일들을 희화화하며 웃음몰이에 나섰다. 긴장하면 그럴 수 있지, 사실 다듬어지지 않은 보석 같았죠, 너무 아쉬워서 끝나고 연락을 하려고 했어요, 라며 그들은 쉼 없이 재재거렸다.

신혜는 며칠을 고민하다가 덕준에게 연락했다. 고민 끝에 겨우 생각해낸 말은 '정말 축하해'였다. 아무리 생각해봐도 더 나은 말이 떠오르지 않았다. 한참이 지나서야 온 답장은 예상했던 그대로였다.

마무리를 제대로 못 한 건 미안해

니가 영감을 주던 때가 있었는데 이젠 아닌 것 같아

만나다 헤어질 수도 있는 거잖아

넌 뭐랄까, 너무 조심스러워서 막 신나지가 않달까

더 좋은 사람 만나라, 넌 그럴 자격이 있어

사랑이라기보단 영감이었나 보다. 상황 따라 출렁대던 그의 마음이, 신혜보단 그의 음악에 머물렀음을 그제야 어렴풋이 깨달았다. 연애는 끝나고 나면 이렇게 아무것도 아닌 거구나. 신혜의 눈꺼풀이 무거워진 다. 덕준이 새로 올린 랩 가사 중 '사랑도 연습'이라는 부분에 눈길이 머물렀다. 나쁜 새끼. 그래도 그렇지. 이건 너무하잖아.

"그래서 헤어진 거야? 이렇게 허무하게?"
"나도 잘 모르겠는데, 그런 것 같다고."
"최덕준 똥매너."
"그러니까."
"이거 마시고 털자. 잊어."
"뭘 잊어? 잊을 게 뭐가 있다고?"
"내가 말했지! 딴 여자라고!"
"SNS에 댓글 달거나 카톡에 티 내지 말자더니, 지나 고 나니까 다 알겠어."
"누가? 그 새끼가?"
진아의 입에서 '새끼'라는 말이 나온다. 은근 통쾌하 지만 끝은 서늘했다.
"진짜 나쁜 새끼다. 하여튼 뭐든 몰래, 은밀하게만 하고 싶어하는 건 의심을 해봐야 해."
신혜를 대신해서 진아가 덕준을 맹렬히 비난해도 시원함 끝에 미묘한 잔여감이 남았다. 아직 신혜는 덕준을 도려낼 준비가 안 되어 있었다.

"진아야."

"응?"

"너 그거 알아?"

"뭘?"

"난 본투비 오작교야."

"뭐래."

"오작교라고요, 내가. 난 그걸 위해 태어났나 봐. 오작교 하라는 운명."

"오작교 능력 없다고 내가 그랬지!"

"결국 내가 맺어준 거야. 걔네 둘. 웃기지 않냐?"

진아가 잠시 머리를 두들겨 맞은 듯 입을 떡 벌리고 아득한 표정을 지었다. 생각해 보니 그저 달콤함에 취했을 뿐 그에 관해 아는 게 없어도 너무 없었다. 손을 잡았고 어깨에 기댔고 데이트도 했는데 신혜는 그에 관해 기억할 거리가 없는 것 같다. 래퍼를 꿈꾸던 사람, 따뜻한 스킨십, 저음의 목소리. 이 정도가 전부랄까. 한없이 무기력했다. 그저 멍해질 뿐. 학창 시절에 하던 멍 때리기가 이제야 제법 도움이 된다.

카톡으로 받은 이별 통보는 온라인 쇼핑몰 가입 절차보다 간단했다. 수락하시겠습니까? 하면 예, 답하는 그것. 참 하찮다.

　친구와 함께 방바닥에 누워 이별을 곱씹는 밤을 보낸다. 아주 혼란스러운 영화를 본 거라 생각하기로 한다. 분위기에 이끌려 시작하고, 끝까지 보지 않으면 내용이 하나도 떠오르지 않는 그런 영화. 세상엔 같이하는 것처럼 보여도, 결국 혼자만의 싸움인 것들이 차고 넘쳤다. 할 일이 명확해서 다행이었다. 영상 속 신혜는 그래도 웃고 있으니까. 지루한 학교 공부 따위 중단하고 즐거운 일에만 몰두하면 허무함과 우울 따위 겪지 않을 줄 알았는데. 역시 인생이라는 놈은 남다르다. 이런 방식으로 신혜에게 겸허함을 가르치는가.

　신혜는 자신이 이렇게나 덕준을 좋아했는지 몰랐다. 온종일 화가 나다가, 갑자기 무기력해져서 다 아무것도 아닌 것 같다가, 병든 닭처럼 꾸벅꾸벅 졸았다. 막상 돌아서고 나니 아무것도 아닌 관계가 되었지만 같이한 시간이 온 마음을 들쑤셔서 구석구석 성가시게 쓰리고 아팠다. 신혜의 위장은 아주 천천히 이별을 소화할 모양이었다. 밤에는 분명 미웠지만, 아침엔 덕준이 그립기도 하니 말이다.

　"다 그렇게 지나가는 거야. 아픈 게 당연한 거지. 안

아프면 니가 나쁜 년인 거야."

느닷없이 끼어들어 남주가 신혜를 위로했다. 이럴 때 남주는 엄마가 아닌 친구 같다. 편안하면서도 쿨한 느낌에 속아 하마터면 내장까지 배어든 이야기를 줄줄 토해낼 뻔했다.

"난 지금 애도 중이야. 예의를 지켜줘, 엄마."

"무슨 애도?"

"멀어진 사랑을 잘 씹어서 삼키고 있으니 걱정 마. 연애에도 에티켓과 단계가 있는 거라고. 혼자 잘 일어 나고 싶어. 오래 안 걸려."

"색다르네."

남주가 작은 목소리로 말하며 신혜의 머리를 쓰다 듬었다. 머리에 손이 닿으니 괜히 또 울컥거렸다. 제발 머리에 손대지 말라고!

썸을 연애로 발전시키던 고등학생 오작교는 어느덧 세월 속에 숙성되어 썸도 없이 연인을 찍어 내는 공장 형 오작교로 거듭났나 보다.

그래.

내 이름은 명예의 전당이다.

바닥에 누운 신혜는 허탈하게 웃었다.

루머의 루머의 루머 🩶

　시작은 아주 사소했다. 사실 모든 일이 그렇겠지만.
　깊게 생각할수록 모든 것은 원점으로 돌아가고 있
었다. 어디서부터 어긋나기 시작한 걸까? 뜨거운 촛불
을 삼킨 것처럼 신혜는 목구멍이 타들어가는 심경이었
다. DM이 오면 확인하기 전부터 몸이 부르르 떨렸다.
의심했던 것과는 달리 신혜를 걱정하는 내용이 오기도
했다. 유튜브 구력이 늘어가니 신혜를 걱정해주는 사
람도 나타나네. 에이, 정말 왜 이래. 열심히 살고 싶어
지게. 좋은 내용의 메시지에 감사 인사를 올리고 나니
별안간 괜찮은 사람이 된 것 같았다. 사람들은 이런 마
음으로 댓글을 달고 악플도 다는 걸까? 순간 온몸에 소
름이 돋는다. 다 손이 문제다.
　신혜를 지독하게 괴롭혔던 루머의 시작도 남주의

손이었다. 가늘고 긴 손가락이 돋보이는 그녀의 손. 도대체 뭐가 문제였을까?

뒷광고 의혹은 진아가 처음 알려줬다.

"긴급! 긴급! 니가 뒷광고를 했다고 누가 저격 영상을 올렸던데."

진아의 목소리가 격양되어 있었다.

"무슨 소리야, 이 평화로운 날에?"

신혜는 무심하게 반응했다.

"그렇게 넋 놓고 있을 때가 아니라니까. 어머니 핸드크림부터. 야! 아니다. 지금 유튜버들 카페 들어가봐. 빨리!"

진아의 오두방정에 신혜는 자리를 잡고 앉아 검색창을 열었다. 진아가 보내준 링크를 타고 들어가 보니 믿을 수 없는 이상한 광경이 벌어져 있었다.

남주는 무언가를 설명할 때면 손동작이 유독 많았다. 제품을 리뷰하고 메이크업 과정을 보여줄 때 가장 중요한 게 손이었고, 가늘고 긴 남주의 손은 꽤 적절한 역할을 하고 있었다.

"어디 갔지? 내 크림?"

유난히 손을 아끼는 남주가 항상 바르는 크림을 사람들은 늘 궁금해했다. 단지 남주의 손이 워낙 예쁘니까 다들 관심을 갖는구나 싶었다.

　나비언니, 항상 쓰시는 저 크림 뭐예요? (뷰린이)

　Re : 듀보라 센서티브 크림입니다. 즐겨 써요. (나비부인)

　제품명을 명확하게 언급한 건 처음이었다. 태생이 상냥한 남주는 알고 있는 정보를 나누는 것에 익숙했다. 그래서 판매 퀸이 될 수 있었던 건지도 모르겠다. 그녀는 우연히 입문한 분야에서 적성을 찾은, 천 명 중 하나 나올까 말까 할 운 좋은 사람이기도 했다. 고객이 남주를 가리키며 "저분 덕에 좋은 제품 사서 갑니다." 라고 말할 때면 전기라도 오른 듯 온몸 가득 뿌듯해져서 활짝 웃었다. 좋아서 잘할 수 있었고, 점점 더 잘했기 때문에 오래 할 수 있었다.

　모녀 뷰티 유튜버 제품 뒷광고 논란
　사측 배려로 제품 받아 방송 후 표기 안 해
　유튜버 '암행어사'가 개인 채널에서 공개 저격

　읽을 순 있는데 의미를 알 수 없는 문자의 조합이었다. 신혜는 휴대폰 화면을 무섭게 쏘아봤지만 명확한 의미가 쉽게 다가오지 않았다. 당장 얼음처럼 시원한 물 한 잔이 시급했다. 정신을 좀 깨워야 할 것 같았다. 어안이 벙벙했다. 차분하게 앉아 일단 '암행어사'의 채널을 열었다. 음흉한 음성만 흘러나올 뿐, 성별조차 알 수 없는 누군가의 뒷모습만 보이는 영상이었다.

　《톡톡톡TV》는 뷰티 유튜브 채널 중 좀 튀죠?
　엄마와 딸이 진행한다는 콘셉트부터가 이목을 사로잡았죠. 두 모녀의 티키타카 넘치는 대화, 저도 참 좋아합니다. 특히 나비 가면을 쓰고 나오는 분이 실제 제품 판매자라고 하네요. 아무래도 제품에 관한 실질적 후기를 잘 전하시겠죠. 얼마 전 나비부인은 핸드크림의 이름을 공개했는데요. 누군가 물어보기 전까지, 영상 속에 그 크림을 늘 등장시켜놓고 제대로 언급하지 않았습니다. 뒷광고 아닙니까? 그간 밀착 분석했던 제품이 한두 가지가 아닌데, 뒷광고가 크림 하나는 아니지 않을까요?

　중요한 내용은 여기까지였다. 처음으로 돌아가 뒷모습뿐인 암행어사가 하는 말을 나노 단위로 쪼개서 다시 들어봤다. '뒷광고입니다'가 아니라 '뒷광고 아닙니까?'였고 '하나뿐 아닙니다'가 아니라 '하나는 아니지 않을까요?'였다. 확실하지 않은 정보에 관한 동의를 구하는 비겁한 메시지였다. 신혜는 당장 문제를 해결해야 한다는 생각보다 '암행어사'가 어떤 사람인지 알고 싶어졌다. 넌 누구인데 지금 그런 이상한 말을 하는 거야! 암행어사는 얼어 죽을.

"뭔가 조짐이 있었던 건 아닐까? 니가 놓친."

"그런 게 어디 있어. 개인 SNS나 채널에 달리는 댓글 정도가 구독자와 소통하는 유일한 통로인데."

잔뜩 성이 난 신혜의 눈썹에 힘이 바짝 실려 있었다.

"저격인데. 맞는데. 완전 확실한데."

진아가 같은 말만 반복하며 다음 말을 잇지 못하고 주저주저했다. 그러다가 신혜 눈치를 보며 한마디했다.

"정말 아니야? 너 뒷광고 아니지?"

그리곤 한 5초쯤 정적이 흘렀을까. 신혜의 눈에 물기가 어렸다. 당황한 진아가 어쩔 줄 몰라 했다.

"난 혹시 몰라서 그냥. 상황에 따라 대처법이 달라질 수 있어서."

신혜는 진아에게 섭섭했다. 처음엔 의심하는 듯한 태도에 기분이 상했고, 사건의 테두리 밖에서 관망하면서 질문으로 자신을 건드리는 진아가 미웠다. 그리고 어처구니없이 구멍에 빠져도 결국 화낼 곳이라곤 진아뿐이라는 현실이 서러웠다.

"아니라고 해도 지금 그게 뭐가 중요하겠어."

신혜는 단단히 토라졌다. 진아가 쭈뼛대며 눈치를 보았다.

신혜는 남주와 마주 앉았다.

"엄마, 영상에서 리뷰한 제품 회사에서 협찬받은 거 없지? 다 엄마가 직접 산 거잖아."

"협찬은 없지. 나한테 무슨 협찬을 해주겠어?"

"그렇지? 우린 뒷광고 같은 거 안 했잖아. 맞잖아."

"나 안 했어. 너 지금 그 말투는 뭔데? 너 지금 나한 테 따지는 거야?"

"뭘 또 따져? 답답하니까 물어본 거지."

"아니야. 너 태도가 늘 거슬렸는데 이번에 확실히 알았어. 처음에 같이해달라고 부탁할 땐 언제고 좀 잘 되니까 점점 엄마를 하대하잖아. 이번에도 뒷광고네 뭐네 문제 터지니까 다짜고짜 나부터 의심하잖아!"

"의심하는 게 아니고 서로 확인하자는 거였어."

앉아서 차분히 시작했던 대화는 격해졌고, 고성이 난무했다. 흔들리는 목소리 끝에 울음이 터질 것도 같 았지만 남주도 신혜도 그 이상 흥분하진 않았다.

'암행어사'의 저격으로 모녀 모두 상처를 입었다. 진실 여부에 상관없이 신혜와 남주는 돛을 잃은 배처럼 사정없이 흔들렸다. 신혜는 엄마의 서운한 마음이 당장 뒷광고 사건 때문에 생겨난 게 아니라 그보다 훨씬 오래 묵은 상처라는 것을 알고 더욱 슬펐다. 남주 역시 신혜가 어떤 이유에서든 추궁하거나 따지려 들 때면 "날 무시하느냐."는 구태의연한 표현부터 들이밀었다.

　형태가 묘연한 연기 같은 루머는 틈새로 밀려들어와 모두를 집어삼킬 준비 중이었다. 이 사람에서 저 사람으로 말이 옮아갈 때마다 마치 사람의 들숨을 빨아먹고 자라는 듯 더 크고 짙은 루머로 자리잡았다. 이곳저곳으로 돌아다니면서 조금씩 살이 붙다 보면 루머는 결국 사실로 둔갑하기도 했다. 죄책감 없이 사람 사이를 활보하는 루머를 막을 방법은 없었다.

　그래도 조금 더 빨리 바로잡았어야 했다. 사실이 아니기 때문에 그저 몸을 낮추고 기다렸을 뿐이었는데, 사실이 아니니까 더더욱 '내 얘기'를 했어야 했다는 걸 신혜는 너무 늦게 깨달았다.

　《톡톡톡TV》 은근 재밌었는데 실망이에요 (우유빛깔707)
　아는 사람 친구가 나비부인이랑 같은 매장에서 일하는데, 평

소에도 그렇게 공짜를 좋아한다던데요 (내이름몰라)

지역 방송 나온 거 보셨어요? 같이 출연한 어린 유튜버 춤출
때 토키 표정 장난 아니던데. 괜히 무섭 (asdf1234)

그 방송은 어떻게 나간 걸까? 뭘 협찬했냐? ㅋㅋ (ok구글)

흐릿했던 루머는 하루 새 딱딱한 진실로 변해있었
다. 말의 입으로 빚어진 '가짜 유신혜'가 태어났다. 1인
미디어 카페 속에서 '가짜 유신혜'는 성공을 위해 뭐든
버릴 수 있는 신개념 야망녀로 만들어져 있었다. 고생
하는 수많은 유튜버 혹은 유튜버 지망생들이 눈에 불
을 켜고 달려들어 '가짜 유신혜'를 물어뜯고 있었다.

여러분 유튜브도 다 성공하진 않아요. 영혼을 갈아 넣어도
될까 말까 라고요. 그분께 쉬운 길을 좀 전수받을 걸. 누구는
쉽게 가는데 억울해요 (fairplay345)

쉬운 길이라는 말에서 신혜의 목덜미가 뜨거워졌
다. 신혜의 우주가 무너져내렸다. 다시 생각해봐도 쉬
운 길로 걸어온 적은 없었다. 사람들은 진짜 유신혜가
아닌 가짜 유신혜를 안주 삼아 자기 넋두리를 하고 있
는 걸까. 신혜는 변호사의 도움을 받아 간단한 문건을

작성했다. 더 이상 루머에 가려져 진짜를 잃을 순 없다는 생각이 들어서였다.

안녕하세요?

《톡톡톡TV》 크리에이터 토키입니다.

암행어사님이 개인 채널에서 저에 관해 언급한 부분은 사실이 아닙니다. 저희는 그 어떤 협찬도 받은 적이 없으며 논란의 시초가 된 크림 제품은 값을 지불하고 산 물건임을 다시한번 말씀드리는 바이며, 그 외에도 뒷광고에 해당하는 부분은 없었습니다. 확인 안 된 허위 사실로 개인의 명예를 실추시킨 암행어사를 대상으로 법적 조치를 고려 중에 있으며 아울러 거짓 루머를 옮기며 개인에게 치명적인 상처를 입힌 온라인 상의 모든 악성 댓글은 법적 처벌의 대상임을 알려드립니다. 미리 말씀드리지만 선처할 생각은 추호도 없습니다. 앞으로 좋은 콘텐츠로 인사드릴 수 있게 노력하겠습니다.

암행어사에겐 내용 증명을 발송하고, 유튜브 채널과 인스타그램 계정 및 각종 온라인 카페에도 모두 게시글을 올렸다. 마지막 클릭을 하고 나니 신혜의 눈에서 눈물이 주르륵 흘렀다. 온갖 후회가 몰려왔다. 이제 존버만이 남아있는 걸까. 남주가 방문을 두드렸다.

"밥 먹자. 이것저것 많이 시켰어."

죽도록 슬픈데 이 와중에 배도 고프다. 그깟 입김 따위 마셔봤자 간에 기별도 안 가지. 입맛은 없었지만 신혜는 일단 식탁에 앉았다. 남주가 신혜에게 음식을 권했다. 별다른 말은 필요 없었다. 그저 꼭꼭 씹으면 그만이었다. 무조건 버텨내야 했다.

뛰는 놈 위에서 날아차기 🩶

암행어사는 배포도 큰 놈이었다. 신혜의 경고에도 아랑곳하지 않고 또 한 차례 저격 영상을 올렸다. 이번 엔 다른 유튜버의 이름도 거론됐다. 방식은 비슷했다. 불확실한 사실을 애매하게 전하며 이슈 몰이를 하고 있었다. 같은 곳을 재차 맞으니 통증보다는 분노가 거세게 치밀어올랐다. 신혜는 암행어사가 누구인지 몹시 궁금했다. 어떻게든 찾고 싶었다.

이번 영상에 언급된 유튜브 채널을 확인했다. 먹방 하는 사람과 패션 소품을 주제로 방송하는 사람이었 다. 일단 각각 DM을 보냈다. 그들과 공감대가 있으니 분명 회신이 올 거라 생각했다. 그런데 며칠을 기다려 도 그들에겐 답신이 오지 않았다. 그들은 억울하거나 화가 나지 않는 걸까? 신혜는 이해할 수 없었다. 더 황

당한 것은 남주가 일하는 매장의 매출이 눈에 띄게 늘었다는 점이었다. 특히 문제의 크림 매출 증가는 타의 추종을 불허했다.

"사람들의 심리는 뭘까?"

남주는 이 아이러니한 상황에 어리둥절했다. 루머로 모녀를 모함한 개인을 혐오하면서도, 막상 늘어날 판매 인센티브에 어깨춤을 출 판이었다. 어차피 산다는 게 아이러니의 연속인 걸까. 모녀는 말 없는 카톡 화면만 들여다보며 서로에게 닿지 않을 한숨만 교환할 뿐이었다.

"아닌 건 아닌 거니까 그런 거짓말 따위 차차 묻히지 않을까?"

"아니라는 건 우릴 믿는 사람들에게나 그렇겠지. 난 그냥 유명 유튜버가 되는 것에 눈 뒤집힌 젊은 년일 뿐이겠지."

"그게 아니어도?"

"그게 아니어도."

남주는 신혜에게 해줄 말이 없었다. 이런 일도 있다고, 다 지나간다고 위로하고 싶었지만 위로로 해결될 상황이란 단 하나도 없다는 걸 그녀는 누구보다 잘 알고 있었다.

신혜는 암행어사와 그 외의 악성 댓글 작성자들을 경찰에 고발 조치하기로 결정했다. 이대로 꿈틀 한 번 못 하고 씹다 버린 껌이 되는 건 싫었으니까. 악플러를 결국 잡아 얼굴을 보면 복숭아처럼 말간 볼을 가진 중학생이거나, 맞벌이 부모를 둔 외로운 초등학생이기도 했다는 이야기를 들은 적이 있다. 그들이 눈망울 가득 눈물을 담고 잘못을 고백하면 자기도 모르게 허무해져 용서하게 되더라는 몇몇 인플루언서의 스토리는 신혜도 알고 있다.

"그래도 진행해주세요. 직접 대면하고 싶습니다."

신혜는 분노를 걷어내고 최대한 차분하게 수사를 의뢰했다.

"시간이 좀 걸리기도 해요. 순서대로 잡히는 것도 아닐 수 있습니다. 그렇지만 대부분 잡히니까 걱정하지 마세요."

신혜는 마른침을 삼켰다. 그들에게 사과를 받는 상황이 온다 해도 지나간 일들을 모두의 기억에서 지울 순 없을 것이다. 그래도 그냥 이렇게 '마녀'가 되긴 싫었다. 마음대로 열고 닫는 그 입들에 다시금 몸을 떨었다. 생각보다 악플러들은 빠르게 잡혔고 놀랍게도 신혜를 공격했던 사람들이 다른 사람들에게도 악의가 다

분한 댓글을 달았다는 사실을 알게 됐다. 이 정도면 병에 가깝지. 한심함을 넘어 불쌍하기까지 했다.

"육아 스트레스가 심했어요. 저는 너무 힘든데, 저 분은 큰 노력도 안 하면서 전부 누리고 편하게 사는 것 같아서 순간 조금 화가 났나 봐요. 죄송합니다. 잘못했어요."

차라리 고개 빳빳이 들고 당당했다면 덜 괴로웠을까? 신혜의 마음 한구석이 쓰라렸다.

"제가 몸 로비해서 방송 출연했다는 식으로까지 말씀하셨잖아요. 그렇게 말하면 육아 스트레스가 좀 풀리던가요?"

"그렇다고 말하진 않았어요. 그냥 분위기가 그래서 따라갔을 뿐이에요."

"그래도 된다는 말처럼 들리네요."

악플러가 머리를 푹 숙였다. 단발로 자른 머리가 아무렇게나 갈라져 있었다. 하나가 미우니 다른 것도 다 미워보였다.

"규정대로 처벌해주세요. 저는 할 말이 없습니다."

등 뒤로 여자의 흐느낌이 들렸다. 하마터면 마음이 약해질 뻔했지만 신혜는 꿋꿋하게 걸어나왔다. 승리의 느낌은 아니었다. 서로가 동시에 너덜너덜해질 뿐이다. 승자 따위 없는 미로 속. 순간 구토가 일었다.

그래도 누군가와 대화를 나누고는 싶어서 신혜는 진아를 불러냈다. 늘 그렇듯 진아 뿐이다.

"유튜브 그만해야 할까?"

"일단 좀 쉬자."

"쉬다 보면 나아질까?"

"내 경험상으론 우리 뇌가 생각보다 멍청해서 뭐 잊기도 하고 그러더라고."

진아는 신혜를 좀 웃기고 싶은 것 같았다.

"넌 뭘 잊었는데?"

"나? 개강 총회 때 섹시 댄스 춘 거. 다시 돌아봐도 찢어버리고 싶은 기억이야."

하얀 도화지 느낌. 진아의 매력이다. 진아가 있어서 다행이었다.

사는 건 알록달록 무지개 같은 거라고 누구도 말한 적 없지. 신혜는 문득 즐겁고 좋은 것만 꿈꾸며 살았나 싶었다. 마음만 앞서서 모든 걸 그만두고 당장 유튜버가 되겠다고 방방 뛰던 자신을 떠올리니 부끄러움이 밀려왔다. 유튜브 방송이 쉬운 길이라고 생각했던 걸 부인할 순 없었으니까. 갑자기 유튜버가 되겠다고 선언한 건 당장이라도 시작만 하면 금방 성공할 수 있을 거라는 두꺼운 교만함이 뒷배였을 거다. 그만큼 확신했기에 대학교 학생증을 미련 없이 버리겠다 망언도 서슴지 않았다. 역시 공짜는 없다. 입이 쓴 교훈만 돌아왔다.

뜬금없이 덕준이 나타난 건 바로 그날 오후였다. 신혜를 설레게 하던 그 자세로 비스듬히 벽에 기대 서 있었지만 하나도 설레지 않았다.

"무슨 일이야? 갑자기."

"할 이야기가 있는데 커피 한잔할까?"

기어들어가는 그의 목소리가 후루룩 바람에 흩어졌다.

"뭐라고? 잘 안 들려서."

"커피…… 마실래?"

"내가 왜?"라는 말이 목까지 차올랐지만 신혜는 입밖으로 뱉진 않았다. 생각해 보니 무엇 하나 그와 제대로 정리한 적이 없었다. 앞뒤가 안 맞긴 해도 이 정도 불균형은 있을 수 있는 일이었다. 신혜가 앞장서 동네 카페로 들어갔다. 김이 올라오는 아메리카노 두 잔을 앞에 놓고 둘은 한참을 앉아만 있었다. 다시 만나자는 건가? 신혜는 궁금했다. 물론 그럴 마음은 없었지만 그와 무슨 이야기를 나눠야 할지 난감했다.

"저기, 내가."

덕준이 입을 열었다. 덕준이 여전히 작은 목소리로 말해서 신혜가 더 바짝 다가앉았다.

"그 암행어사 말이야."

순간 신혜는 주변을 둘러봤다. 암행어사란 단어가 그의 입에서 나올 이유가 없잖아. 다른 곳에서 흘러든 소리인가 했다.

"지금 뭐라고 했어? 혹시 암행어사라고 했어?"

스냅백을 푹 눌러 쓴 덕준이 고개를 더 깊게 떨궜다.

"고개는 왜 숙여? 암행어사가 누군지 알고 있는 거야?"

신혜의 눈이 반짝였다. 덕준이 옛정과 미안함으로 신혜에게 암행어사 정보를 주러 왔나 생각이 들었다. 그럼 그렇지. 덕준은 좋은 사람이니까.

"누군데 그 사람? 오빠가 아는 사람이야?"

"보는 눈이 있어서 내가 무릎은 못 꿇는데, 신혜야."

"나한테 왜?"

"미안해. 내가."

"뭘? 뭐가 미안하다는 거야?"

"그 암행어사, 내 동생이야."

신혜의 귀에서 기계음이 요란하게 번졌다. 지금 뭐라는 거지? 신혜의 얼굴이 백지장처럼 하얗게 변했다.

따뜻한 커피를 한 모금 마시려다가 포기했다. 손가락이 덜덜 떨려서 하마터면 잔을 놓칠 뻔했다.

"왜?"

"처음엔 그냥 장난이었을 거야. 저격 영상 한번 찍어보고 싶다고 해서."

"그래서 날 저격해보라고 했다는 거야?"

"이렇게까지 일이 커질 줄은 몰랐어. 정말 미안해. 난 그냥 네가 유튜브 하니까."

할 말이 없었다. 이런 찌질한 새끼. 어떤 단어를 조합해도 신혜의 마음을 제대로 표현할 순 없을 것 같았다. 어떻게 저런 사람을 사랑할 수 있었을까. 신혜는 자신의 안목에 좌절했다.

"공부도 잘하는 모범생이야. 한 번 실수인데 고소까지 가면 너무 가혹하잖아. 내가 사과할게. 다 내 잘못이야. 그냥 재미로."

"모범생이 여기서 왜 나와? 두 번째 영상에 나온 다른 유튜버들은 별다른 연락 없었어? 그쪽도 내용 심각하던데."

"아는 애들이래. 친구들."

기가 막히고 목구멍도 막히는 느낌이었다. '공부도 잘하는 모범생' 부분에서 1차 충격이 왔고 '한 번 실수'

부분에서 2차 충격, 아는 친구를 동원해 신빙성 느껴지게 루머를 재구성했다는 점에서는 충격의 수준을 넘어섰다. 게다가 신혜의 일상을 무너뜨린 행동이 '한 번 실수'고 '처음엔 장난'이었다니 더욱 화가 끓어올랐다.

"꿇어."

"뭐라고?"

"무릎 꿇고 제대로 사죄하라고."

덕준이 난감한 표정을 지었다. 딱딱한 표정으로 덕준을 내려다보는 신혜는 물러설 생각이 없었다.

"제대로 사죄하고 가. 오빠가 어떻게 하는지 보고 다음 일도 고민해볼게. 방법은 그거 하나야."

신혜가 조금씩 목청을 높였다. 카페 안에 있었던 두 테이블 모두 휴대폰으로 덕준의 모습을 촬영하고 있었다. 신혜는 일부러 더 큰소리를 냈다. 주저주저하다가 덕준이 스르륵 무릎을 꿇었다.

"미안해. 동생이 올리긴 했지만 사실 그렇게 복잡해진 상황을 겪어보고 싶었던 것도 있었어. 알잖아. 모든 감정은 예술이 될 수 있으니까. 넌 이해하잖아. 그렇지?"

신혜는 덕준의 말이 끝나기가 무섭게 스냅백을 훅 낚아채서 바닥에 던졌다.

"이해 좋아하시네! 고소하는 건 좀 생각해보긴 할

건데 큰 기대는 하지 마. 똑똑한 모범생이라니까 누나가 뭘 좀 가르쳐야 할 것도 같고 말이야. 커피 잘 마셨어. 향이 좋네. 예술은 얼어 죽을!"

신혜는 먼저 일어나 밖으로 나왔다. 카페에서 멀어질수록 다리에 힘이 점점 빠지는 것 같았다. 황급히 남주에게 전화를 걸었다.

"엄마. 나 링거라도 맞아야 할 것 같아. 숨을 못 쉬겠어."

너무 놀란 남주는 매장용 유니폼도 벗지 않은 채로 단숨에 달려와서 신혜와 병원으로 갔다. 신혜와 남주는 나란히 누워 비타민 링거를 맞았다.

"많이 힘들지? 우리 여행이라도 다녀올까?"

"아니야, 엄마. 이제 해결될 것 같아. 그 새끼 잡은 것 같거든."

누워있던 남주가 벌떡 일어났다.

"정말? 어떤 놈인데? 너 거기서 오는 거야?"

"진정해. 지금 말할 기운도 없어."

남주가 다시 얌전히 침대에 누웠다.

"내가 생각해봤는데 유명인이 되는 덴 대가를 치러야하나 봐. 사촌이 땅만 사도 배가 아픈데 남 잘되는 꼴은 못 보는 법이지. 내가 너 공무원 준비하랬지? 엄마 말을 잘 들어야 자다가도 떡이 생기는 건데."

"엄마, 자다가 떡 먹으면 목 막혀서 죽어."

신혜를 바라보며 모로 누운 남주가 그제야 빙긋 미소를 지었다.

"먹고 싶은 건 없어?"

"엄마 먹고 싶은 걸로 먹어. 엄마도 마음고생 심했잖아."

돌고 돌아 메뉴판.

하긴 먹고사는 것보다 중요한 건 없었다.

예상대로 밤늦게 익명의 동영상이 올라왔고 순식간에 이곳저곳으로 퍼져나갔다. 인터넷 강국의 파워. 뒷모습만 출연했던 신혜와 달리 덕준은 풀샷이 깔끔하게 다 잡혔다. 스냅백 때문에 긴가민가했을 많은 사람을 위해 신혜가 준비한 회심의 한 방. 모자를 벗은 덕준의 모습이 만천하에 드러났다. 이제 한동안 '국민 개새끼'가 될 수도 있겠지. 이제 애도의 시간은 끝났다. 제대로 한 수 가르칠 타이밍이다.

그 쇼미 래퍼 아니에요?

일어나라 더키오! 무릎 꿇고 남자 망신 다 시킨다

실망이다 정말. 자작 랩 다 뻥 아니야?

불쾌한 싸움이었다. 덕준에게 비슷한 고통을 주고 싶었지만 결국 통쾌하거나 속이 시원할 거란 기대는 하지 않았다. 찝찝하고 불편한 마음이 이어질 걸 신혜는 이미 예상했다. 그렇지만 신혜가 강하게 행동하지 않았으면 악플러들은 내내 무신경했을 것이다.

신혜는 고민 끝에 악성 댓글 및 허위 사실 유포로 고발하려 했던 이들을 선처하기로 했다. 자필로 쓴 편지를 받았고, 자신이 온라인상에 휘갈겼던 글을 정정하고 공개적으로 사과할 것을 요구했다. 하나부터 열까지 배움이 필요한 삶이다. 신혜는 졌지만 잘 싸웠다고 생각하기로 했다. 애초 이기고 지는 싸움 따윈 의도하지도 않았지만 말이다.

마이크를 켜요 🤍

　신랄한 전투를 마친 신혜는 며칠을 잠만 잤다. 온몸의 기운이 다 빠져나간 것처럼 팔과 다리가 말을 듣지 않았다. 자면 잘수록 더 졸음이 쏟아졌고 눈꺼풀은 여행 가방처럼 무거웠다. 남주와 신혜는 서로의 일상을 터치하지 않고 지냈다. 사람과의 이별에만 애도의 기간이 필요한 건 아니지. 사람을 미워하는 일에도 그에 못지않은 에너지가 필요했다. 소진한 에너지 복원 중인 신혜를 남주는 그저 조용히 지켜봤다.

　신혜는 곧 돌아오겠다는 메시지를 남겨 놓고 유튜브 촬영을 쉬고 있었다. 처음엔 한 일주일 정도 쉴 생각이었다. 간간이 DM이 날아왔다. 힘들었겠다며, 푹 쉬고 꼭 좋은 콘텐츠로 돌아오라며, 심지어는 보고 싶다고도. 다양한 말들이 있었다.

말에 치이고 소문에 두들겨 맞던 시간은 지날수록 오히려 생생했다. 기억해주는 사람들이 고맙다가도 문득 소름이 돋았다. 따뜻한 말들이 돌연 날카로운 화살이 되어 꽂힐 수 있다고 생각하니 두려웠다. 어쩌면 꽤긴 휴식이 필요할 것 같았다. 수많은 말 속으로 뛰어들 자신이 생기지 않았기 때문이었다. 남주는 밀려온 파도에 몸을 싣고 제대로 항해를 시작했다. 판매 사원의 유명세는 매출 실적과 정비례 관계였고 그로 인해 남주의 인센티브도 최고치를 경신한 상태였다.

　"다른 걸 시작해볼까 하는데."

　남주가 신혜에게 말했다.

　"뭐 어떤 거?"

　"쇼핑호스트 어떨까?"

　"쇼핑호스트라고?"

　내내 누워있던 신혜가 벌떡 일어나 앉았다.

　"제안이 왔어. 새로 론치하는 화장품이 홈쇼핑에 진출하는데 방송 같이하겠냐고."

　"우와, 유여사."

　신혜의 눈이 반짝였다.

　"개멋있어."

　"정말?"

남주의 감각이야 누구보다 신혜가 잘 알았다.

"잘됐다, 엄마."

신혜의 반응에 남주는 조금 놀란 눈치였다.

"내가 축하한다고 할 줄 몰랐어?"

"헛바람 들었다고 하진 않을까 생각했어."

"헛바람 아니지. 나비부인 방송 능력치야 내가 다 아는데."

신혜가 빙긋 웃었다.

"이 풍파를 겪고도 내가 할 말인지는 모르겠지만."

"뭔데?"

"재미있더라고. 렌즈에 대고 떠드는 거 말이야."

남주의 시선이 창문 쪽을 향했다. 무언가를 떠올리는 듯했다. 유튜브를 멈추자 모든 것이 고요해진 느낌이었다. 망망대해에서 표류하는 그런 기분. 창밖을 바라보니 신혜는 아득해졌다. 재미있더라는 남주의 목소리가 귓가에 맴돌았고, 자신이 얼마나 열정적으로 채널에 매달렸는지 떠올렸다.

"그런데 이렇게 잠만 잘 거야? 며칠이 지났는지는 알아?"

재미있어서 시작한 일이었다. 맞아, 처음엔 그랬다.

"적당히 자고 일어나. 다시 시작하는 것도 좋은 타

이밍이 있는 거야."

남주가 신혜의 등을 두어 번 쓰다듬었다. 따지고 보면 잘못한 것도 없었다. 그저 조금 놀라고 지쳤을 뿐, 그랬을 뿐이었다.

암행어사의 채널은 사라졌다. 첫 등장부터 허위 사실을 유포했으니 새로운 구독자가 생길 리 만무했다. 덕준도 잠잠했다. 그는 검색창 구석에 떠 있는 "신인 래퍼 인성 문제 드러나" 혹은 "쇼미가 만든 스타는 이대로 사라지나" 등 자극적인 기사의 숨은 주연으로나 남았을 뿐이었다. 민성은은 그대로였다. 여전히 밝고 깜찍한 모습으로 걸그룹 연습생 일지를 만들어 채널에 올리고 있었다. 성은은 유튜브도, 실제 삶도 맑음이었다. 그 뒷면은 모른다 쳐도.

신혜는 거실로 나와 미지근한 물을 한 잔 마셨다. 24.5℃ 즈음의 물은 목 넘김이 좋았다. 남주의 아침 루틴을 따라한 건 처음이었다. 물이 목을 통과해서 위장에 다다를 무렵 신혜는 불현듯 한 장면을 떠올렸다.

오, 그래. 노래방이야. 나의 고향 같은 그곳.

신혜와 남주가 새로운 시작을 한다면, 그리고 그것을 기념하고 싶다면 그건 단연 노래방이어야 했다. 노래방이라면 언제든 다시 시작할 수 있는 모녀였다.

긴급! 내일 노래방에서 라이브 방송을 진행합니다
《톡톡톡TV》심기일전 타임
댓글로 참여하시는 분 중 추첨해서 선물 드려요!

저지르고 나니 비로소 가슴이 뛰었다. 신혜는 남주와 진아에게도 톡을 날렸다.

"나는 왜?"

진아가 물었다.

"너는 우리 채널 깍두기니까 너도 같이해야지."

"그런가?"

진아는 갸우뚱하면서도 내심 신나는 눈치였다. 남주는 노래방의 '노'자만 듣고도 흥분했다.

"맞아, 맞아. 내가 노래방을 쉬어서 그동안 기운이 없었나 봐. 그랬던 거야."

신혜는 노트를 펴고 라이브 방송에 관한 고민을 시작했다. 다시 시작하는 마음이 들었다. 잘해내고 싶어졌다. 돌아왔구나, 유신혜.

D-day.

결전의 장소는 남주가 일하던 화장품 매장 근처 노래방으로 정했다. 그곳으로 정한 이유는 단 하나, 이름 때문이었다. 〈두 여자 노래방〉이라니 너무나 찰떡 아니겠어. 들어가면서 모녀는 간판을 배경으로 기념 사진을 찍었다.

"엄마, 노래방 앞에서 엄마랑 사진 찍으니까 뭔가 좀 이상하다."

이미 알고 있는 무언가를 감춘다는 듯 남주가 코를 찡긋거렸다. 지하로 내려가는 계단이 좁고 음습했다. 어둠이 끝까지 차오르기 직전 문이 열렸다. 어둠을 지나가지 않으면 만나지 못할 문. 신혜는 힘껏 문을 열었다.

"저희 요란하게 놀 거니까 큰 방으로 주세요."

1번 방으로 걸어가는 신혜와 남주의 어깨가 들썩였다. 오래간만에 《톡톡톡TV》 안에 들어가는 기분이 묘했다. 카메라 세팅을 마치고 라이브 방송을 시작하려니 심장의 떨림이 배꼽까지 느껴졌다. 그래, 이렇게 다시 시작이다.

안녕하세요? 토키입니다. 정말 반가워요.

이런 자리를 진작 마련했어야 하는데 좀 늦었어요. 《톡톡톡TV》는 초심으로 돌아가 새롭게 시작합니다. 저는 노래방에 특화된 생명체거든요. 여기서는 뭐든 잘 할 수 있어요.

반가워요. 토키 언니. 기다리고 있었다고요 (무지개)
노래방에 특화된 생명체 노래 좀 들어볼까요? (나비마니아98)

신혜가 라이브 방송에 참여한 사람들과 몇 마디 나누는 사이 남주는 이미 노래 부를 준비를 마쳤다.

"나부터 해도 돼?"

급해도 정말 급하다, 유남주. 남주의 목소리에 고개를 돌린 신혜는 깜짝 놀랐다. 나비부인의 입꼬리가 한껏 올라가 있었다. 언제나 그렇듯 남주가 먼저 흥에 취했다. 첫 곡으로는 댄스곡을 골랐다. 마이크를 턱 밑에 대고 노래를 부르면서 무아지경으로 몸을 흔드는 남주는 계속 봐도 계속 낯설었다. 라이브 창을 확인하며 손뼉을 치다 보니 신혜도 조금 흥이 났다. 탬버린을 양손에 끼고 좌우로 현란하게 흔들어댔다. 노래의 클라이맥스 부분에서 갑자기 신혜에게 마이크를 넘기는 남주 때문에 신혜는 주저앉아 한참을 웃었다.

채팅창에 신청곡이 한꺼번에 올라오고 있었다. 순식간에 몰려드는 사람들을 보니 신혜의 마음이 한편으론 허무해진다. 귀여운 모녀의 모습에 열광하는 저들

중에 혹 날렵한 혀를 휘둘러 신혜에게 생채기를 냈던 사람도 있을까? 있을 것 같다. 확신이 든다. 신혜는 도망가지 않고 다시 일어선 자신이 기특하게 느껴졌다. 어찌해도 묵묵히 흘러갈 시간이었다. 내게 아무리 소중해도 그들에겐 그저 한 조각 가십거리일 뿐, 그대로 주저앉았다면 정말 사실로 남았을지 모른다.

"너도 한 곡 해야지."

마이크를 내미는 남주는 어느새 옷을 갈아입었다. 그리고 보니 남주는 꽤 여러 벌의 옷을 준비해온 것 같았다. 한껏 신이 난 남주의 모습 위로《오로지춤》의 어르신 댄스를 추던 날의 시간이 겹쳐 보였다. 해맑은 민성은의 얼굴을 생각해도 아무 감정이 들지 않는 걸 보니 신혜는 힘든 시간을 거치며 꽤 성장한 모양이었다.

"여러분 그거 아세요? 요즘은 랩이 거의 시 같더라고요. 드롭 더 비트!"

트랩 비트를 들으니 괜히 래퍼의 몸짓을 흉내내고 싶다. 언제 온 지도 모르겠는 진아가 남주와 마주서서 관절을 사정없이 꺾어대고 있었다. 정신없이 흔들리는 사이키 조명이 얼굴부터 발까지 툭 떨어져 흐른다. 노래를 부르는 신혜의 얼굴은 붉은빛이 되었다가 노란색으로도 변한다.

돌고 돌아 다시 둘이다. 중간에 누군가 훼방을 놓기도 하고 진아처럼 보이지 않는 연결고리가 되어주기도 했지만 시작도 마무리도 결국 신혜와 남주, 둘이었다. 신혜는 신발을 벗고 의자로 올라가 배에 힘을 주고 고음을 한껏 내질렀다. 누군가에게 전달할 메시지라도 있다는 듯. 어딘가로 보내고픈 인사가 남아 있다는 듯.

무엇이든 언제나 다시 시작할 수 있다. 노래방에 와서 마이크만 켠다면, 든든한 누군가가 곁에 있어준다면 말이다. 신혜의 목소리가 마이크를 타고 온 방을 가득 채운다. 이렇게 또 하나의 산을 넘는 거겠지. 신혜는 손끝까지 힘을 주어 마이크를 꽉 움켜쥐었다. 완벽하게 아름다운 순간이었다.

에필로그 🩶

　그림 같이 아름다운 결말이 갑자기 만들어지진 않는 법. 아름답길 바라는 마음으로 끝까지 가다 보면 모든 것이 평화롭게 제자리를 찾는다는 것을 신혜는 이십대가 되면서 온몸으로 배웠다. 비록 마음엔 상처가 남았지만 돌아보면 다 추억이더란 말에 조금 공감할 만큼 신혜는 자랐다.

　지난 한 해가 신혜에게 한 편의 드라마처럼 느껴졌다. 힘든 시간이 지나갔고 다시 제자리에 섰지만 지금의 신혜는 새내기 때와는 분명 다른 유신혜였다. 신혜는 새로운 목표에 도전하기로 했다.

　첫 번째는 운전이었다.

　집에서 가까운 운전학원에 등록했고 대략 언제쯤 면허증을 따서 차를 몰게 될지 다이어리에 빼곡히 적

어넣었다. 스타벅스 드라이브스루에서 아이스아메리카노를 주문하는 자신의 모습을 그려보자니 신혜의 얼굴에 미소가 번졌다. 그러나 그렇게 순탄하기만 하다면 유신혜의 성장 드라마가 아니지. 운전을 잘하게 되는 건 그렇게 간단한 일이 아니었다. 차를 골목 가운데 어정쩡하게 세워두고 오늘도 신혜는 발을 동동 구르며 남주에게 다급하게 전화를 걸고 있으니 말이다.

"왜 이렇게 늦게 와? 뒤에 차 올까 봐 초조한데."

"빨리 온 거야. 나한테 왜 짜증이야?"

얼른 운전석에 앉은 남주가 능숙하게 핸들을 꺾었다. 차는 사선으로 길게 앞으로 나왔다가 곡선을 그리며 두 대의 차 사이로 정확하게 들어갔다.

"이렇게 앞으로 비스듬하게 나왔다가 대충 라인이 일치될 때 멈춰서 다시 다른 방향으로. 알겠어?"

"나 기분 별로니까 말 시키지 마."

신혜의 부어터진 얼굴을 보고 남주는 픕, 바람 빠진 소리를 내며 웃고 말았다.

"처음부터 잘하는 사람 없어. 운전은 더 그래."

기능은 할 만했는데 주행 연수가 어려웠고, 주행이 좀 익숙해지는가 싶으니 주차가 문제였다. 목 끝까지 속상함이 차오른 신혜는 눈물까지 글썽였다. 첫 번째

목표인 순발력 있는 라이더가 되려면 아직 갈 길이 멀었다.

운전과 달리 《톡톡톡TV》는 꾸준히 성장 중이었다. 새로 다룬 이너뷰티 콘텐츠도 반응이 나쁘지 않았다. 외적인 아름다움보다 내면의 평화로움이 삶을 더 윤택하게 한다는 이상적인 슬로건 아래, 내면의 아름다움을 지켜낸답시고 씩씩대는 신혜의 고군분투가 구독자들에게 큰 웃음을 주었다. 요가, 반신욕, 저탄고지 식사를 통해 마음의 안정과 신체 사이즈 감량까지 얻을 수 있다는 주제를 병맛 코드로 적절히 섞어 만든 콘텐츠는 기록적 조회수를 남겼다.

복학한 후론 다른 대학생 유튜버들과 합방할 기회도 생겼다. 휴학한 동안 학교는 꽤 많이 변해 있었다. 유튜브 채널을 운영하는 학생들이 부쩍 늘었고 개인 채널을 갖고 있다는 영향력을 보여주는 분위기로 바뀌어 있었다. 신혜에게 먼저 합방을 제안한 건 정치외교학과의 먹방 유튜버 햄버거K였다.

"원래 먹는 걸 좋아해서 기록에 남기다 보니 먹방 콘텐츠를 하게 됐어요. 토키님 지난 콘텐츠 중에 긴장을 감추는 커버 메이크업 영상 있잖아요. 매운 음식 먹으면서도 얼굴에 티 안 나는지 같이 만들어보실래요?"

신혜는 난데없는 그의 제안에 한 번 놀라고, 엄청난 양을 먹는 걸로 알려진 햄버거K의 실물이 생각보다 날렵하고 훈훈해서 또 한 번 놀랐다. 키가 180cm를 훌쩍 넘는 햄버거K가 낯설게 느껴졌다.

"키가 엄청 크네요?"

"앉아서 찍는 영상으로만 만들어서 사람들이 종종 놀라요."

멋쩍어하는 햄버거K의 모습이 귀여웠다. 콘텐츠 회의를 하자며 교내 카페에 마주 앉아 입을 하마만큼 쩍 벌려 크로아상을 베어무는 그의 모습에 신혜는 웃음을 참지 못했다. 어쩌면 이렇게 새로운 연애를 시작하게 되려나? 신혜는 아이스티를 한 모금 마셨다.

캐나다로 워킹 홀리데이를 떠난 진아는 간간히 엽서를 보내 왔다.

'아무리 우리가 SNS로 징하게 얽혀있다고 해도 엽서가 갬성이지!'

허세 섞인 그녀의 문장을 직접 읽을 때면, 마치 바로 옆에 앉아 목소리를 듣고 있는 것만 같았다. 매사에 계획적이었던 그녀의 성향과 달리 갑자기 워홀을 가야겠다며 서두르는 진아의 모습에 신혜는 적잖이 당황했지만, 딱 지금이 아니면 못할 것 같다는 진아의 말에 누구보다 깊이 공감했다. 진아는 밴쿠버의 서브웨이에서 일했다. 인스타그램만 열면 언제든 얼굴을 보고 근황을 알 수 있는 터라 절절하게 그립진 않아도 가끔씩 허전했다. 늦가을엔 진아가 있는 캐나다에 놀러갈 계획을 세웠다. 그러려면 준비해야할 것들이 많겠지. 신혜의 마음이 벌써부터 들썩였다.

　남주의 삶은 좀 바뀌었다. 아니, 새로운 사람이 되었다고 해야 하나. 《톡톡톡TV》로 새로운 재능을 발견한 남주는 화장품 쇼핑호스트로 데뷔했다.

　"오프라인 판매 퀸이 온라인이라고 퀸 못하겠어?"

　호기롭게 덤볐지만 결과는 그다지 좋지 않았다. 판매라면 무조건 자신 있던 남주였지만 처음 대하는 제품을 무작정 많이 팔기가 쉽진 않았다.

　"내가 좋아하는 게 아니라서 그랬던 거 같아. 내가 직접 써보고 만족해야 진심으로 추천을 하게 되는 건데, 그게 아니라서 실패한 거지."

　남주는 다음 기회가 또 있을까 싶어 기다렸지만 더이상 그런 일은 없었고, 결국 그녀는 직접 인플루언서가 되기로 했다. 다양한 제품의 내돈내산 리뷰를 SNS 계정에 업로드했고, 신혜가 릴스와 틱톡을 도왔다. 그리고 얼마 후 예상대로 남주가 즐겨 쓰던 자외선 차단 스틱 브랜드에서 DM이 왔고 공동구매를 진행하게 되었다. 역시 지갑을 열게 하는 데에는 판매자의 진심만한 게 없었다. 남주는 이후 여러 브랜드에서 러브콜을 받으며 승승장구했다. 남주의 삶은 제대로 전성기였다.

엄마, 내일 저녁 양꼬치 어때? 동네 새로 생긴 중식당.

신혜가 보낸 메시지에 남주는 조금의 망설임도 없이 "콜!"을 외쳤다. 매월 둘째 토요일엔 꼭 둘이 함께 저녁을 먹자는 약속이 아직까지는 큰 무리 없이 지켜지고 있었다. 각자 바빠서 어떤 날은 서로 얼굴 마주칠 시간이 없기도 해 억지로 만들어둔 규칙이었다. 물론 둘 중 누군가 썸을 타거나 연애를 시작하게 된다면 언제든 흔쾌히 비워줄 토요일 저녁이었다.

"엄마, 나는 엄마가 우리 엄마라서 좋은 거 같아."

"그게 무슨 소리야? 오글거리게?"

"엄마가 집밥 먹어야 한다고 나물 무치고 생선 굽지 않는 사람이라서 좋다는 거야."

"나도 나물 만들 줄 알거든?"

"그 얘기 아닌 거 알면서."

한 손에 그릇을 들고 마라탕 재료를 각각 담고 있는 두 사람은 언뜻 자매처럼 보였다.

"화장품 제작은 잘되고 있어?"

신혜가 눈을 동그랗게 뜨고 물었다.

"빠르면 늦가을? 그쯤엔 나올 것 같아."

"얼, 제품 제작이라니. 유남주 여사 성공했는데?"

남주의 얼굴에 미소가 피어올랐다.

"엄마, 이게 왜 맛있는 줄 알아?"

"글쎄. 국물 때문에? 비싼 채소를 써서?"

"이건 처음부터 끝까지 다 내 마음대로 하는 거라서 맛있는 거야. 내가 먹고 싶은 대로 담으니까."

팽이버섯을 호로록 먹는 신혜의 얼굴을 남주가 지그시 바라보았다.

"엄마, 우리 이거 먹고 사진도 찍자. 인생 네컷."

"또 찍어, 그 사진? 넌 그거 매일 찍니?"

"그건 어제고 오늘은 또 다른 날인데 당연하지."

까르르, 신혜의 웃음 소리가 공기 중으로 흩어졌다. 한 번 찍은 걸 왜 또 찍냐는 남주의 말에 신혜는 구구절절 설명하지 않았다. 행복한 지금을 즐기자는 의미를, 남주라면 분명히 금방 알아차릴 거라 믿으니까.

"엄마, 우리 어디 놀러갈까? 운전은 내가 할게."

식당에서 나온 신혜가 호기롭게 꺼낸 말에 남주가 얼어붙었다.

"다음 달에 여행 갈 정도로 운전을 하겠다고? 네가?"

"일단 달리는 건 자신 있어."

어처구니없는 신혜의 말에 남주가 웃음을 터뜨렸다. 그렇게 한 컷, 그들의 인생에 기록이 남았다.

"엄마, 우리 노래방도 가야지."

"좋아. 나 부르고 싶은 노래 있어."

노는 일에 거절이 없는 점도 둘이 꼭 닮았다. 남주와 신혜는 서로의 목소리를 담아낼 마이크가 있는 곳으로 다시 걷기 시작했다. 🤍

작가의 말 🖤

나는 순종적인 아이였다. 규칙을 잘 지켰고 늘 성실하고자 노력했으며, 정도를 벗어나지 않고 차분하게 삶의 궤적을 따라 걸었다.

초등학교 시절에는 하굣길에 한눈 팔지 말고 곧장 집으로 오라는 엄마의 말 때문에 옆 사람에게 눈길 한 번 안 주고 그야말로 '곧장' 집으로 가는, 몹시 답답하고 꽉 막힌 어린이였다.

바른 생활 어린이는 중고생이 되어서도 쉬는 시간에 몰래 도시락을 까먹는 짜릿한 일탈 따위 경험하지 못했다. '착한' 사람이어야 하기 때문에 다른 사람의 무리한 요구에도 '싫다'고 말하지 못했으니, 일탈 따위 꿈도 꿀 수 없었다.

답답한 속내를 비워내기 위해 끊임없이 무언가를 썼다. 억울했던 일. 얼굴에 대고 차마 할 수 없었던, 그렇지만 꼭 하고 싶었던 말. 미래에 관한 불안함. 쓴다고 해결되는 건 하나도 없었지만 상상 속에 마음껏 흩뿌리고 나면 속상했던 마음이 맑아지고 후련해졌다.

  오래된 친구에게 귓속말을 건네는 기분.

  나의 글쓰기는 아마 그렇게 시작된 게 아닐까 싶다. 이야기 속 인물에게 살아있는 시간을 선물하니 그들은 어느새 자유롭게 움직였고, 나는 가장 가까운 곳에서 그들을 관찰하며 새 삶을 사는 기분에 취해 즐거웠다.

첫 장편소설 《마이크를 켜요》를 쓰면서 이야기 속 신혜와 남주 덕분에 여러 가지 감정의 롤러코스터를 탔다. 답답한 현실을 밀어내고자 신혜가 새로운 선택을 하는 모습은 다른 차원의 힐링이었다. 다른 이의 시선 따윈 신경 쓰지 않고, 오로지 자신의 꿈과 행복에만 가치를 둔 선택을 하는 모습은 정말이지 멋있고 부럽다. 넘어질 것 같지만 두려워하지 않고 일단 직진하는 용감한 모습이 독자들에게도 제대로 전달되었으면 좋겠다. 또한 엄마 남주의 삶에는 진한 소망을 담았다. 평범한 사람에게도 기적적 행운이 있길 바라는 마음에 조금 욕심을 부리기도 했다. 나 역시 진심으로 응원하고 있으니. 소설이 끝난 후에도 남주는 더 많이 행복할 거라 믿는다.

긴 이야기를 쓰는 것이 쉽지만은 않았다. 위기에 봉착할 때면 츤데레 같은 쿨함으로 '위로 같지 않은 위로'를 건네주시던 폴앤나 대표님께 감사를 전한다. 그리고 살아가는 동력이 되어주는, 다시 말해 나를 살게 하는 두 사람, 아들과 남편에게 무한한 사랑과 감사를 보내고 싶다.

소설을 쓰면서 이제야 제대로 내 마음을 들여다보는 연습을 한다. 오랜 기간 치유의 수단이 되어 준 나의 글이 아무쪼록 여러 사람의 마음에도 좋은 향기가 되어 남았으면 좋겠다.

임혜연

#그림 같이 아름다운 결말이 갑자기 만들어지진 않겠지만 #이지은 괜찮아
#아름답긴 바라는 마음으로 끝까지 가다 보면 #그곳엔 나와 다른 내가 또 서 있더라고

폴앤니나 소설 시리즈 010

마이크를 켜요

ⓒ임혜연, 2022

초판인쇄	2022년 10월 1일
초판발행	2022년 10월 1일
지은이	임혜연
펴낸이	김서령
책임편집	오윤지
편집	김은경
디자인	장민영
일러스트	차리보
제작	최지환
제작처	영신사
펴낸곳	폴앤니나
출판등록	2018년 3월 14일 제2018-09호
전화	070-7782-8078
팩스	031-624-8078
대표메일	titatita74@naver.com
블로그	blog.naver.com/paul_and_nina
인스타그램	@titatita74
ISBN	979-11-91816-16-7 03810